KB096579

# 열두 살, 오늘도 밝음
(하루를 살아가는 힘)

**열두 살, 오늘도 밝음 (하루를 살아가는 힘)**

**발　행** | 2023년 2월 16일
**저　자** | 백작반 19기 (고가원 외 26명)
**펴낸이** | 한건희
**펴낸곳** | 주식회사 부크크
**출판사등록** | 2014.07.15.(제2014-16호)
**주　소** | 서울특별시 금천구 가산디지털1로 119 SK트윈타워 A동 305호
**전　화** | 1670-8316
**이메일** | true1211@naver.com

**ISBN** | 979-11-410-1504-6

www.bookk.co.kr

# 열두 살, 오늘도 밝음

백작반 19기 고가원 외 26명 지음
백란현 엮음

# CONTENT

## 〈 들어가는 글 〉

안녕하세요. 白作 백란현 작가입니다.

학생들에게 글 쓰는 경험을 주고 싶었습니다. 학생들에게 쓰는 재미도 전하고 싶었습니다. 시 쓰는 방법은 잘 모르지만 솔직한 마음을 시로 쓰게 했습니다. 일상을 글로 남기는 과정에서 학생들은 오늘이 행복한 날임을 알기를 원했고 출간의 기쁨도 함께 누리길 바라며 시집을 편집했습니다.

시 쓸 게 없다고 투덜대던 친구들도 짝이 쓴 시를 읽고 자신감을 가지게 되었습니다. 놀고 싶은 학생들의 마음이나 과제에 대한 부담도 시로 표현했습니다.

학생들의 시를 읽어본 독자들도 '이 정도면 나도 할 수 있겠다'는 마음으로 오늘부터 글을 쓰기 시작한다면 더할 나위 없이 기쁠 것입니다.

독서와 글쓰기를 강조하는 白作을 만나 1년간 불평 없이 잘 따라준 학생들에게 고마움을 전합니다.

# 제1화 열두 살, 설렘

# ~풀짝 풀짝~

글,그림: 서영.

친구와 워터파크!!
워터파크만 들어도 시원해지는
이 느낌~!!
들어가니 파도풀!
풀짝풀짝 뛰면서 풍덩!!
하고 들어간다.

# 개학

글: 조윤서

벌써 끝나는 방학

아쉽다.

이제는 개학

설렌다.

학교를 간다는게

좋다

개학은 행복하다

급식이 맛있어서

방학이 끝나서

아쉽지만

나는 개학이 좋다.

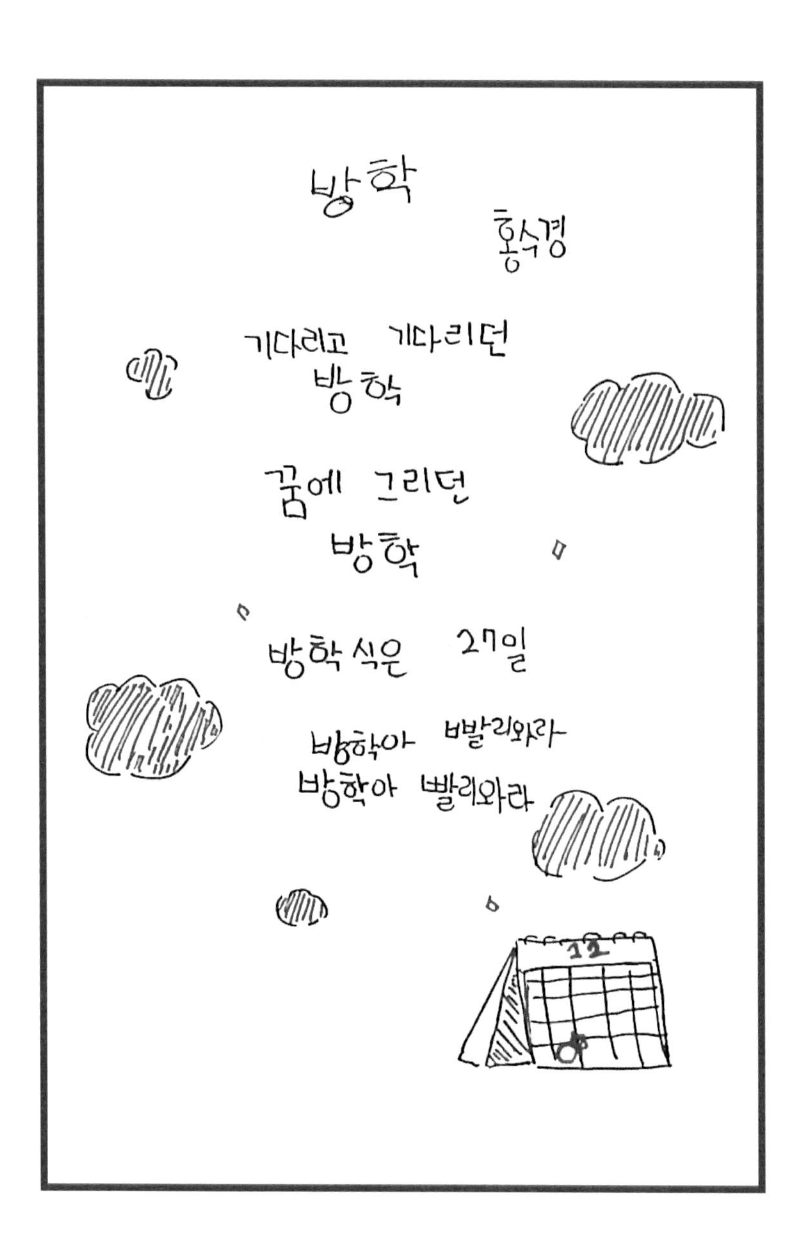
방학
홍수경
기다리고 기다리던
방학
꿈에 그리던
방학
방학식은 27일
방학아 빨리와라
방학아 빨리와라
12

# 때문에!

글: 김하량
그림: 김하량

시쓸거기 때문에!

중독됐기 때문에!!

쓸게 없기 때문에!!!

이거라도 적고싶기 때문에!!!!

벌써 다 적었기 때문에!

왜저래

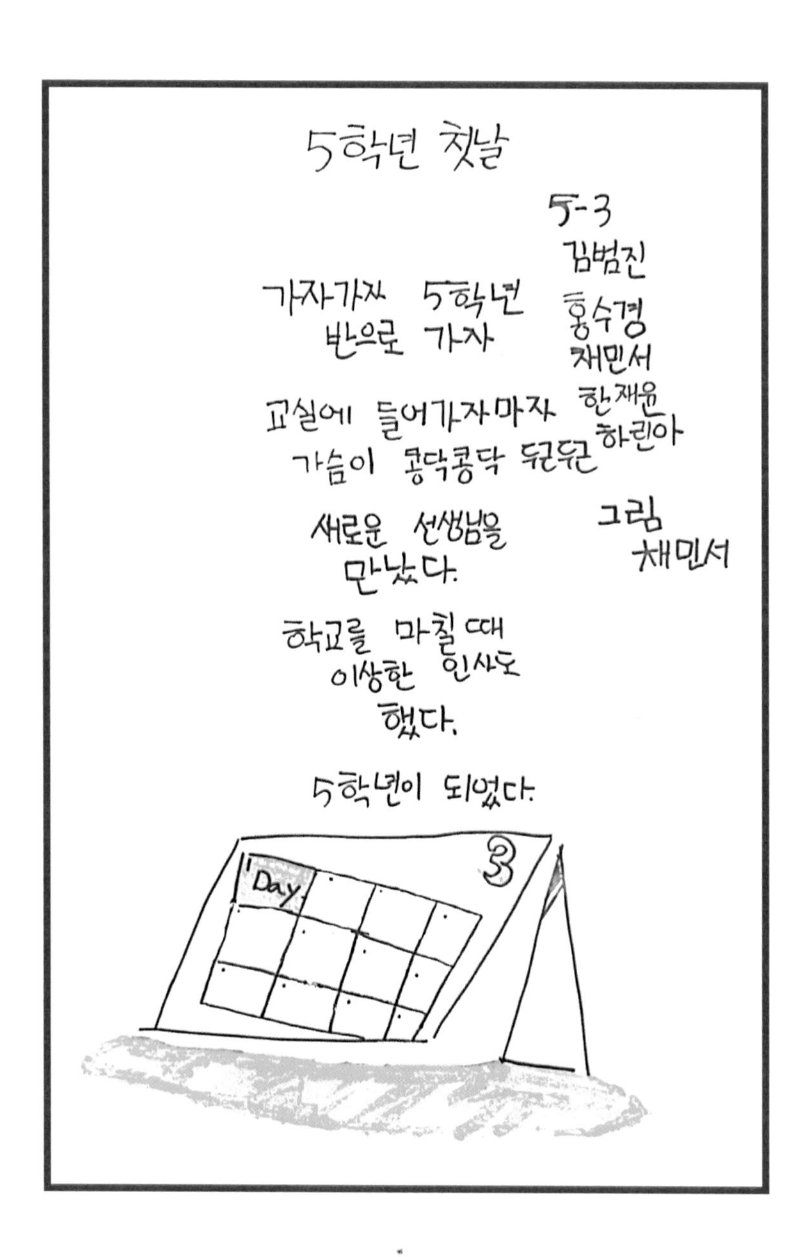

5학년 첫날
5-3
김범진
홍수경
채민서
한재윤
하린아
가자가자 5학년
반으로 가자
교실에 들어가자마자
가슴이 콩닥콩닥 두근두근
새로운 선생님을
만났다.
그림
채민서
학교를 마칠 때
이상한 인사도
했다.
5학년이 되었다.
3
Day

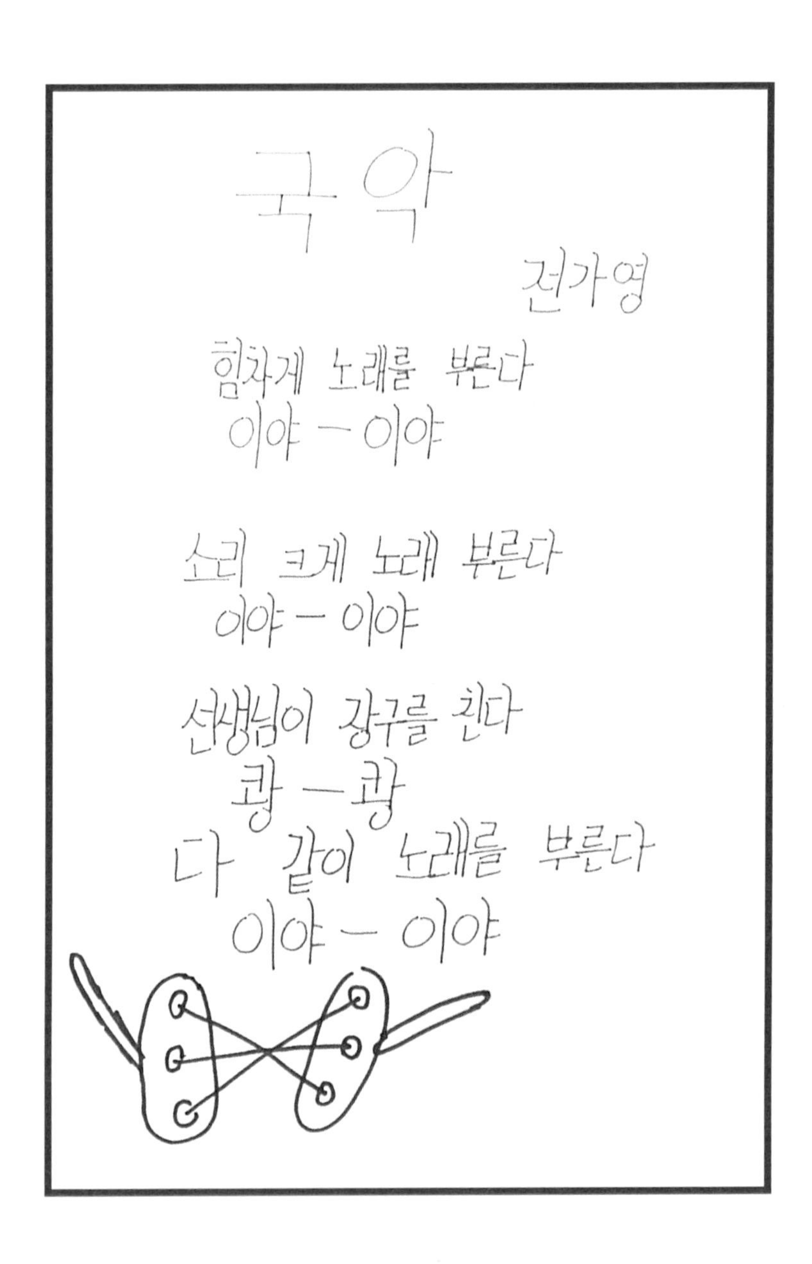
국악
전가영
힘차게 노래를 부른다
이야 ― 이야
소리 크게 노래 부른다
이야 ― 이야
선생님이 장구를 친다
쿵 ― 쿵
다 같이 노래를 부른다
이야 ― 이야

현장체험 학습
5-3
김범진,
이기안,
조윤서
김해담
김하랑
채민서
오랜만에 타는 버스
버스야 반갑다
기대 되는 현장 체험학습
도자기를 만들었다. 그림
도자기 만든다더니
창작물이 되었다.

# 내 주말

조윤서

"드디어 주말이다" 주말에
재밌게 놀기도 하고
숙제도 하기도 한다.
그렇게 "벌써 월요일!"이라니
내 주말 ㅠ! 괜찮아! 괜찮아!
5일만 지나면 주말이야~
주말, 기다리면서~

# 매운 라면

글·김예림

편의점에서
오.짬 라면을
사서 먹었다.
넘 매웠다.
입에서 불이
나왔다.
눈물이 다 나왔다.

병아리 글: 박서원
삐약 삐약 삐약 삐약
노란 솜털 들이 울음
소리를낸 다. 노란 솜털들이
뒹굴 뒹굴 굴러 간다. 삐약삐약
삐약 삐약.

겨울방학이
오고있다!
글·김예림
벌써!
겨울 방학이
다가왔다!
왠지 설렌당!
얼른 방학이오
기를!

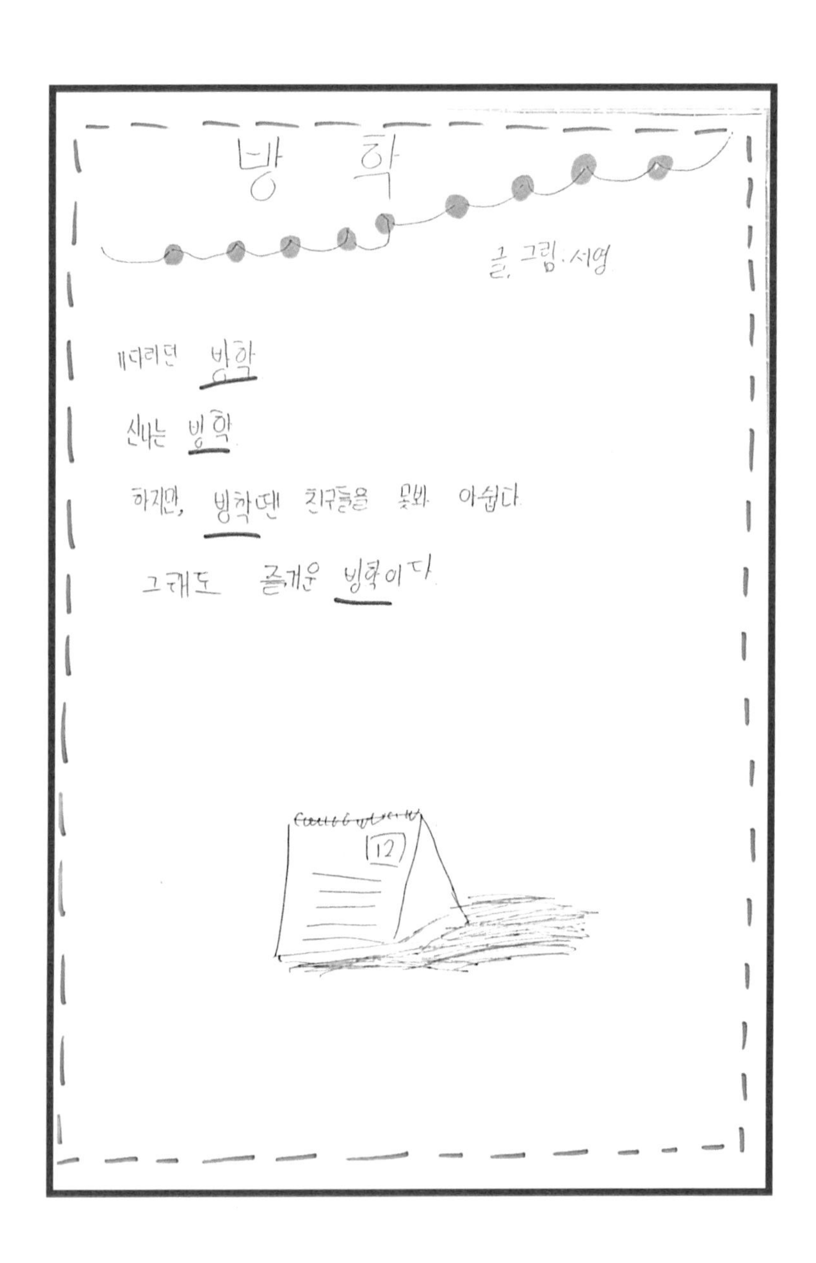
방 학
글, 그림 : 서영
기다리던 방학
신나는 방학
하지만, 방학땐 친구들을 못봐 아쉽다
그래도 즐거운 방학이다
12

## 개학식

김용준

8월 31일 밤 10시경 나는
슬펐다. 방학 마지막날.

어느덧 방학이 지나고
개학 날이 되었다.

학교가기 싫었지만 학교에
친구들이 있을 거란 상상에
기대 되었다.

사과
전가영
겨울에는 사과
달달한 사과
봄에도 사과
아삭아삭 사과
여름에도 사과
빨간 사과
가을에도 사과
가을 사과

# 첫만남

글·그림: 최시은

새 학기 만나는 선생님
두근 두근 설레는 마음

새로운 교실
낯선 만남

새 친구를 만나면
하하호호 즐거운 만남

하지만 숙제는
만나기 싫어

설레면 서도 낯설고,
즐거운 만남

## 새학기

5-3반
최시은
김서연
고가원
박소윤
황서영

두근두근 5학년
첫날이다.

학교에 발을 들이자,
가슴이 두근두근
콩닥콩닥

설레는 마음으로
문을 열자 친구들이 보였다.

반에 들어오니
너무 어색했다.

처음보는 친구들이
웅성웅성,
수업이 시작되고
다시 웅성웅성

# 현장체험학습

5-3
김준혁, 김용준,
황서영, 고가원,
고하은

현장체험 학습을 갔다.

친구들과 도자기를 만들었다.

멀미를 해서 그런지,

아무 생각도 나지 않았다

도 자기를 쪼물쪼물

친구들과 함께 만든

도자기여서

더 멋져보였다.

## 내 마음 속 선생님

고하은

내 마음 속엔 선생님들이 산다.

요리사 선생님, 공부 선생님, 작가 선생님.

요리사 선생님은
요리를 아주 잘하시지만 까칠하다.
공부 선생님은
공부를 매우 잘하시지만 무뚝뚝 하다.
작가 선생님은
그냥 좋다. 왜냐면
내 마음 속 전체를 따뜻하게
해주시니까.
내 마음 속 선생님.

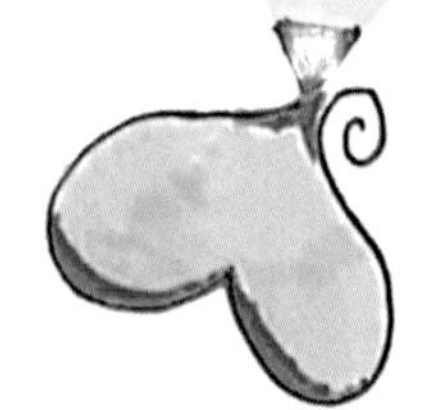

# 게임

최시은

오늘 학교마치고 하는 게임
빨리 하고 싶은 게임
휴대폰을 켜서 시작하는 게임

앱을 켜서 기다리는 신나는 게임
게임시작!

무기를 업그레이드하고 몬스터 처치
스테이지 2로 가서 몬스터 처치
보스를 물리치면 게임이 끝난다.

다음에도 또 해야지

# 시

고하은

어제도 시, 오늘도 시
너무나도 귀찮지만
써야한다.

뭘 써야할지도
모르겠다.

친구와 놀고 싶은데
시를 써야한다.
시가 뭘까?

시

<시는 무엇일까?>

김범진
고하은

시는 무엇일 까?

선생님에게 주는 시

시는 나에게 어떤 의미일까?

선생님에게는 어떤 의미일까?

시에는 어떤 의미가 담겨져 있을까?

시는 나에게 무엇일까?

# 겨울방학

글/그림: 백승윤

12월달 겨울

방학아~

방학아~

.
.
.

어서와라~

어서와라~

.
.
.

12월달 겨울

## 봄

황수경

봄하면 생각 나는 것

봄하면 나무에 대롱대롱 달려있는
분홍빛깔 벚꽃이 생각 나고

봄하면 살랑살랑 흔들리는
이름 모르는 꽃도 생각나고

마지막으로 두근 두근 설레는
새학기도 생각나지

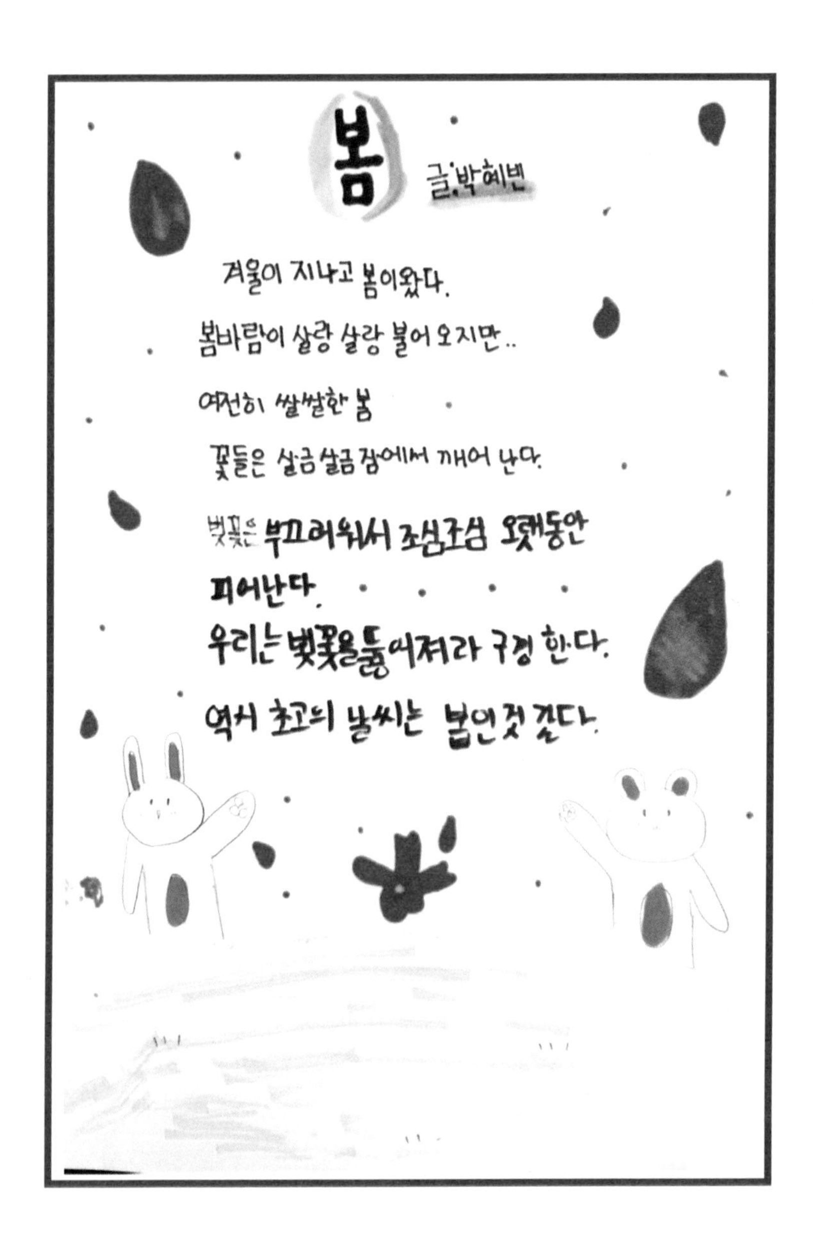
봄
글:박혜빈
겨울이 지나고 봄이왔다.
봄바람이 살랑 살랑 불어 오지만..
여전히 쌀쌀한 봄
꽃들은 살금 살금 잠에서 깨어 난다.
벚꽃은 부끄러워서 조심조심 오랫동안
피어난다.
우리는 벚꽃을 뚫이져라 구경 한다.
역시 최고의 날씨는 봄인것 같다.

# 라면

김해담

너와 함께 라면
언제나 먹어도 맛있는 라면
간단히 먹을수 있고 배 부른데
너와 함께 라면
더 맛있을것 같아

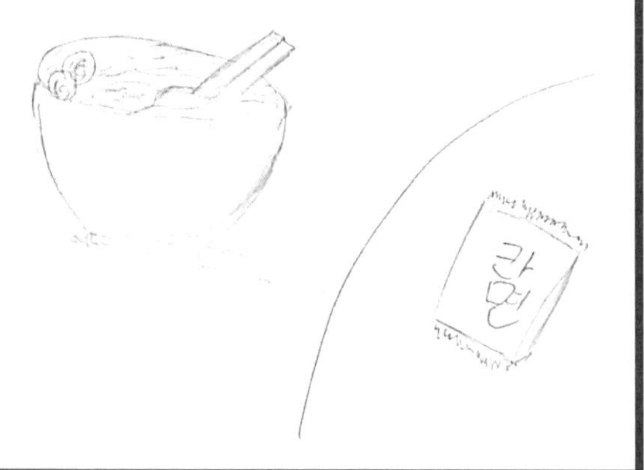

# 겨울 방학

글 김해담
그림 최시은

드디어 겨울방학이다
뭘 하면 좋을까
울타리에 나를 가두지 말고
자유롭게 활동하면 좋겠다
방안에만 있지 말고
가족들이랑 여행을 가고
친구들이랑 놀다 보면
학교에서 배울수 없는
새로운 것을 경험 할수있을것이다

게임 글 : 이기안

게임
재밌는 게임

하면 계속하는

게임
그마하려고 하면
발목을 잡아 1판을
더 하는

게임

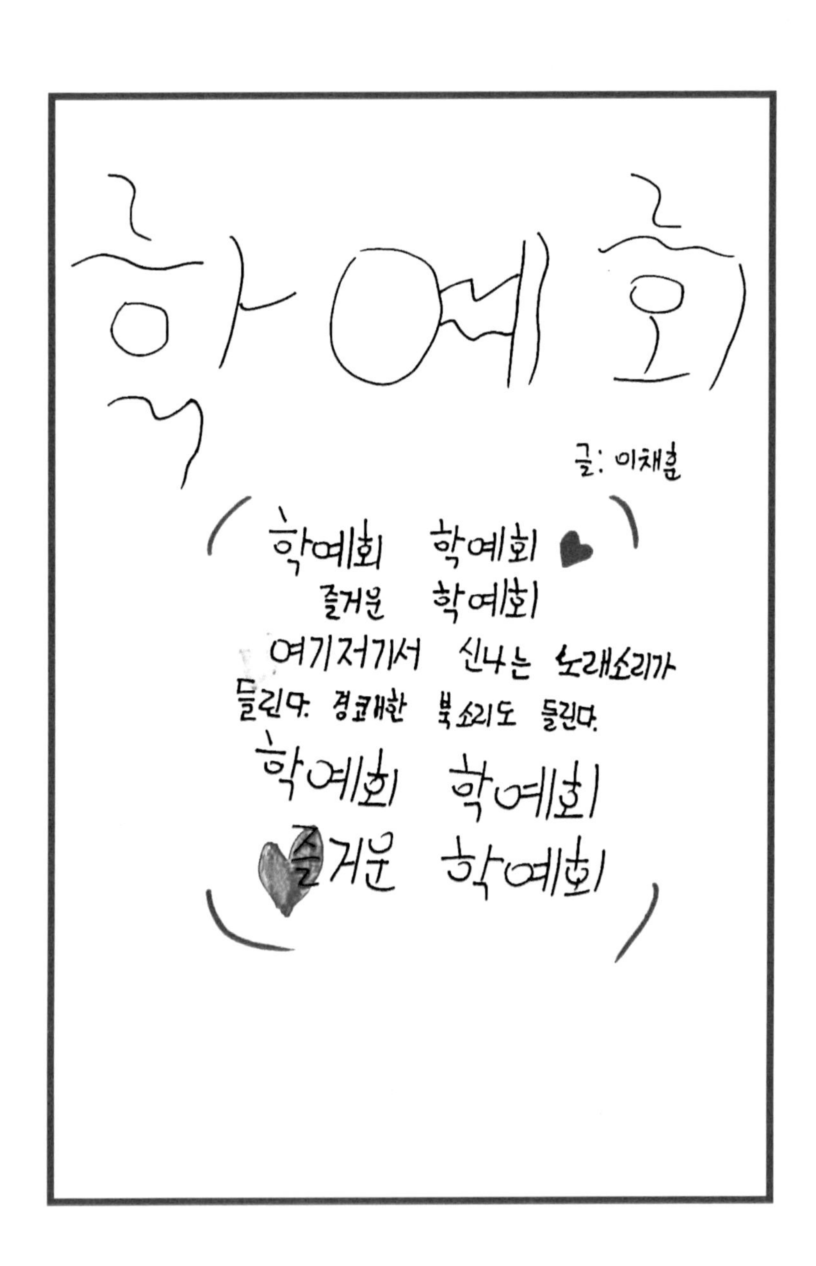
학예회
글: 이채훈
학예회 학예회
즐거운 학예회
여기저기서 신나는 노래소리가
들린다. 경쾌한 북소리도 들린다.
학예회 학예회
즐거운 학예회

나의 기분?

글: 조윤서

나의 기분. 나의 기분?

내 기분은 즐거워.

신나~~~

그때 마다 다르네??

내 기분.

# 3년 만의 현장체험학습

5-3반
채민서
박소윤
김서연
하린아

그림
채민서

3년 만에 간
현장 체험학습

구름하늘 아래
알록달록 도시락

혼자 먹던 점심을
친구들과 함께

놀때 남는건 사진뿐이야

학교 쉬는 시간

김준혁

마침시간 독서로 시작
1교시 시작 부터 발표로
1교시 시작 부터 내 생각은
쉬는 시간 생각뿐

쉬는 시간 생각 하면
10분... 20분... 30분.
금방 지나간다

쉬는 시간 되자
친구들이 내자리로 온다

2교시 시작하자
내생각은
다음 쉬는 시간
언제 올까?

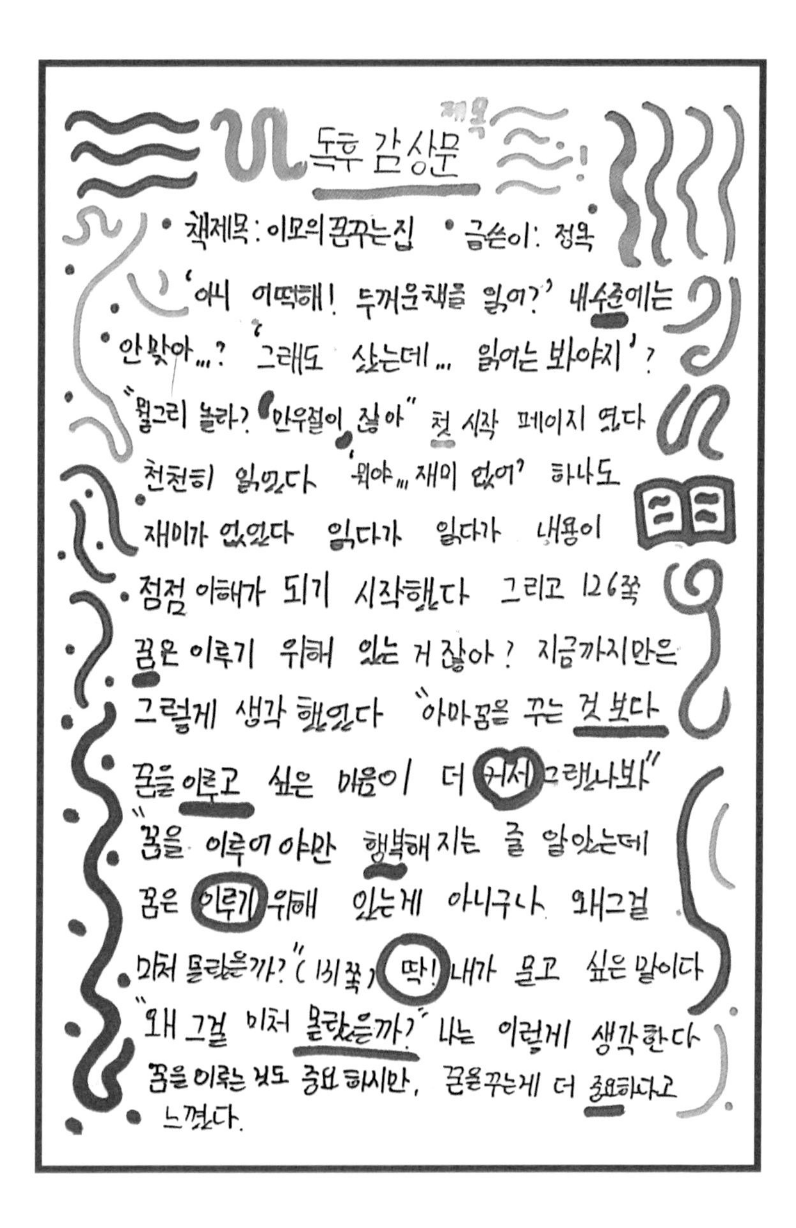

제목
독후 감상문
• 책제목: 이모의 꿈꾸는 집 • 글쓴이: 정옥
'아니 어떡해! 두꺼운 책을 읽어?' 내 수준에는
안 맞아...? '그래도 샀는데... 읽어는 봐야지'?
"뭘 그리 놀라? 만우절이잖아" 첫 시작 페이지 열었다
천천히 읽었다 '뭐야... 재미 없어' 하나도
재미가 없었다 읽다가 읽다가 내용이
점점 이해가 되기 시작했다 그리고 126쪽
꿈은 이루기 위해 있는 거잖아? 지금까지만은
그렇게 생각 했었다 "아마 꿈을 꾸는 것 보다
꿈을 이루고 싶은 마음이 더 커서 그랬나봐"
"꿈을 이루어야만 행복해지는 줄 알았는데
꿈은 이루기 위해 있는게 아니구나. 왜 그걸
미처 몰랐을까?" (131쪽) 딱! 내가 묻고 싶은 말이다
"왜 그걸 미처 몰랐을까?" 나는 이렇게 생각한다
꿈을 이루는 것도 중요하지만, 꿈을 꾸는게 더 중요하다고
느꼈다.

이문장 때문에 말이다 "어른들도 꿈이 있잖아요 꿈이 없는 사람이 어디있어요?" '아... 어른들도 꿈이 있구나! 어떤 꿈이 있을까? 수많은 생각이 났다 마지막 이책을 읽고 느낀점이다 먼저 현실에서 있을수 있는 일이아니다 보니 더 흥미진진 했다 마치 내가 주인공이 된거 같은 "기분이라고 할까?" 음... 그래! 이번에는 나의꿈을 찾아보자! 그꿈을 이루고 가져도 보고 그리고 오늘도. 항상 꿈을. 꾸자!

글 조윤서

그림 : 박혜빈

꿈을 꾼다♥

# 제2화 열두 살, 당당함

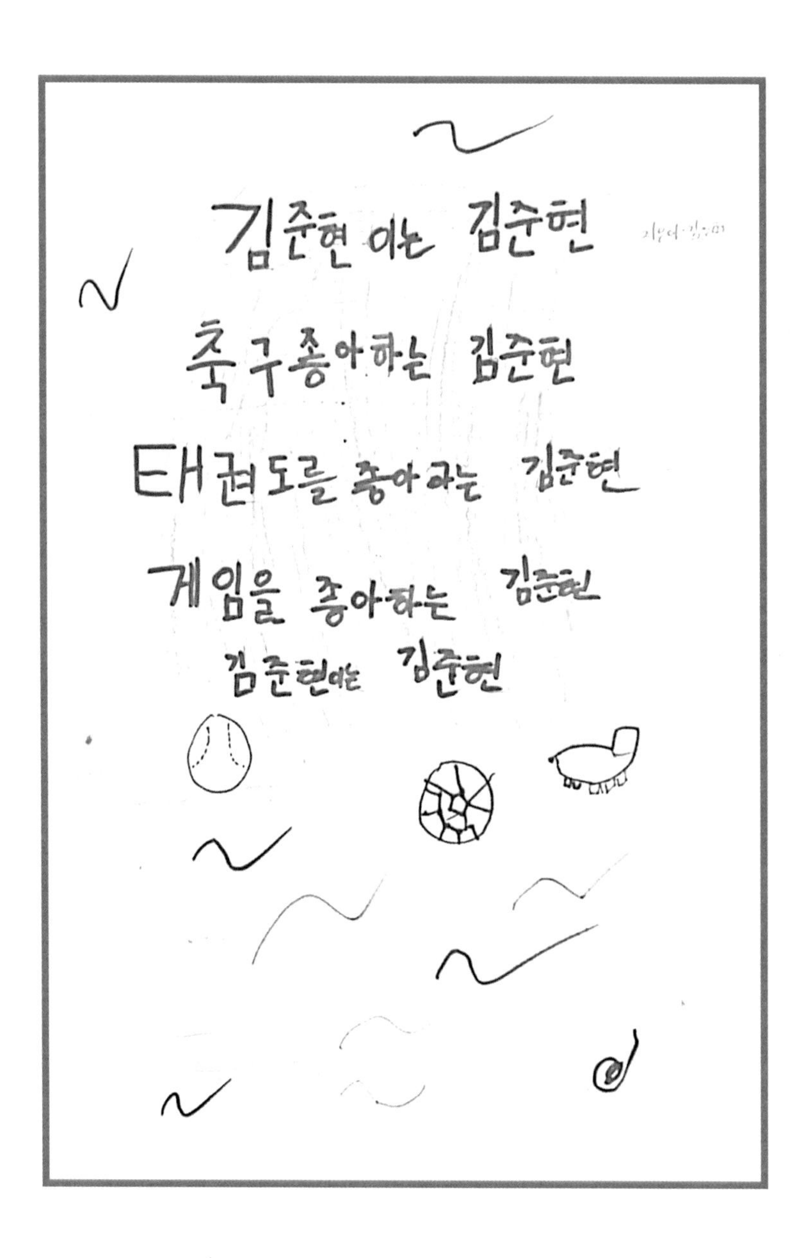
김준현이는 김준현
축구좋아하는 김준현
태권도를 좋아하는 김준현
게임을 좋아하는 김준현
김준현이는 김준현

## 숨겼어

글.그림: 김하량

엄마는 화장품을 숨겼어

아빠는 리모컨을 숨겼어

언니는 비상금을 숨겼어

오빠는 팔에 문신을 숨겼어

나는 음식을 배속에 숨겼어

서영이는

서영이

해맑게 웃어도 서영이

가끔 슬프게 울어도 서영이

싸워도, 화해 해도 서영이

사랑을 해도 서영이

어떡해 하든 서영이

서영이는 서영이

# 여름

글 김서연
그림 박소윤

눈을 찌푸리게 만드는 햇빛
귀를 찌르는 매미 울음소리.

자신의 존재감 뽐내듯
화를 낸다.

서연이는 서연이

김서연

서연이는 서연이
골프를 쳐도 서연이

운동해도 서연이
책을 읽어도 서연이

서연이는 서연이
혼자 있어도 서연이
글쿵 써도 서연이
서연이는 서연이

# 공부

글: 이채훈
그림: 이재율

공부는 왜 해야할까?
똑똑해 지기 위해서 일까?

공부는 왜 해야할까?
돈을 벌기 위해서 일까?

아님, 엄마를 위해서 일까?

모두가 싫어하는 공부, 왜 해야 할까?

# 가영이는 가영이

전가영

가영이는 가영이
오늘 일어나자 마자 휴대폰해도 가영이
안하던 양갈래 머리를 해도 가영이
오랜만에 큰콩 기록해도 가영이
가영이는 가영이

기뻐도 가영이
슬퍼도 가영이
화나도 가영이
넘어져도 가영이
가영이는 가영이

내일
내일은 방학식
기다리던 방학식
드디어 방학식
글 : 윤희준
야호!

## 〈겨울 방학〉

김용준

벌써 조금만 있으면 겨울 방학 이다.

여름 방학 개학식때도

겨울방학 언제 와요?

라고 물어 본게 엊그제 같은데...

벌써 내 일이면

겨울 방학 이다.

# 쉬는 시간

글 : 윤희담

우리가 떠들
때 마다
줄어드는 쉬는 시간

우리가 집중할
때 마다
복구되는 쉬는 시간

- 수경이는 수경이 -

홍수경

수경이는 수경이

다른 친구들과 있어도 수경이는 수경이
체육 할때도 수경이는 수경이

그림 그릴때도 수경이는 수경이
청소 할때도 수경이는 수경이
수학 문제를 풀을때도
수경이는 수경이

무엇을 해도 수경이는 수경이

학교 글: 박시원

학교가 날 끌어 당긴다.
쭈우우욱~ 당긴다. 난
끌려간다. 학교는
감옥이다. 학교에서
장난치면 벌점을주고
야단도친다. 따짐
감옥고운 인줄 알았다.

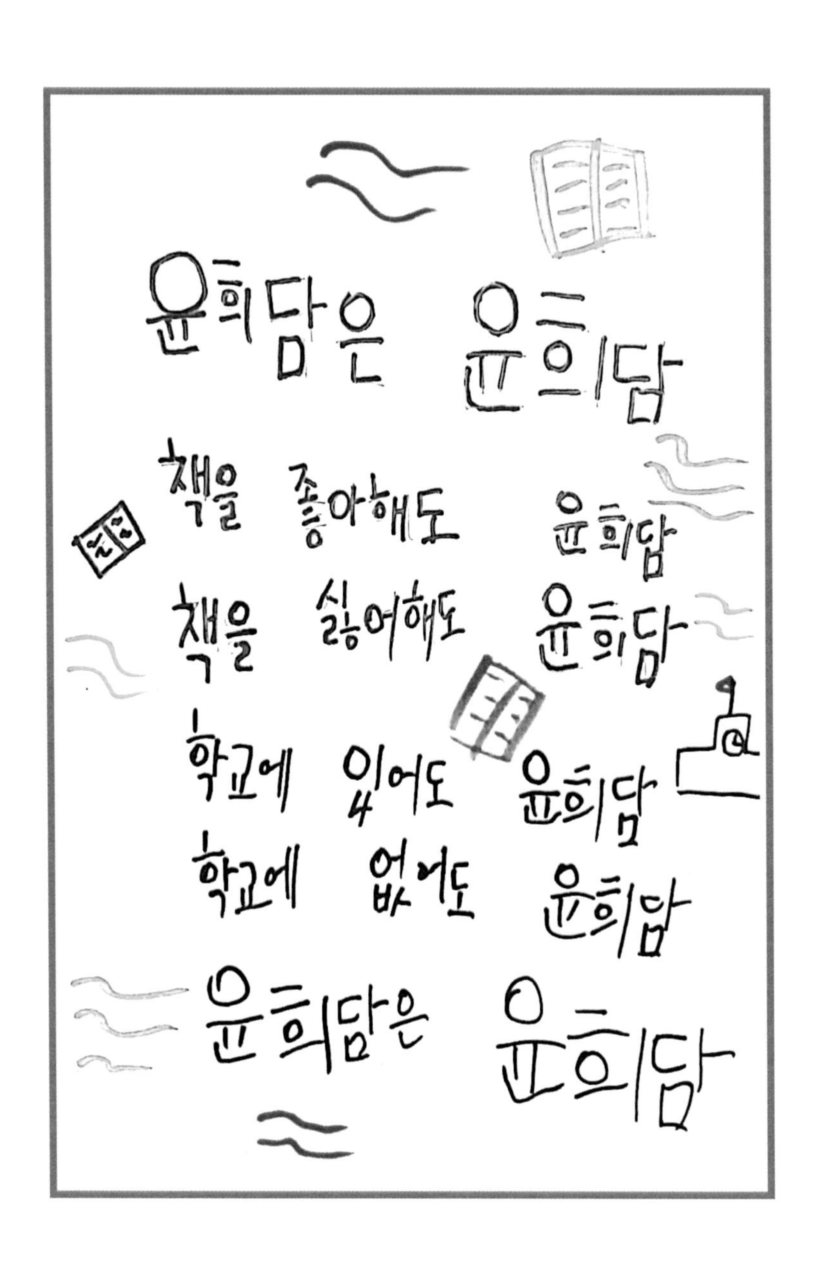
윤희담은 윤희담
책을 좋아해도 윤희담
책을 싫어해도 윤희담
학교에 있어도 윤희담
학교에 없어도 윤희담
윤희담은 윤희담

## 방학을 기다리는 마음

채민서

겨울
방학
방학
2일 남은 방학
두근 두근

방학에는 무엇을 할까?

학교를 안 가면
시간이 늘어 난다.
나는 그게 좋다.

린아는 린아

하린아

친구들과 있어도 린아

그림을 그려도 린아

공부를 해도 린아

놀고 있어도 린아

아무것도 안 해도 린아

특별하지 않아도 린아

특별해도 린아는 린아

# 아,...모르겠어!

글,그림:고가원

국어 시험지를 보면

아,.....모르겠어!

수학 시험지를 보면

아,.....모르겠어!

영어 시험지를 보면

아,.....모르겠어!

시험지만 보면

아,.....모르겠어!

예림이는 예림이
김예림
토끼를 좋아해도 예림이
비오는 걸 싫어해도 예림이
보라색을 좋아해도 예림이
수학을 싫어해도 예림이
예림이는 예림이
수학

# 미술

채민서

미술

미술은 어렵다.
재미 있고
어렵고
하지만 연습하면
늘 것이다.

윤서는 윤서

글을 써도 윤서

피아노를 쳐도 윤서

운동을 해도 윤서

책을 읽어도 윤서

윤서는 윤서

# 심 사

지은이: 김주현

오늘은 태권도에서 심사를
하는 날이다 너무 설렌다
두근 두근 콩닥 콩닥 너무
설레서 걱정이다 나는 잘할수 있다

상상

열두살

〈김용준〉

나도 이 세상을 산지 어연
12년…

초등학교에 입학 한지가
엊그제 같은데, 벌써 12살
이다.

남은 학생 생활도,
잘 지내자.

# 마음폭탄

고하은

거의 다 마무리를 지을때

베터리는 곧 곧 터지는

폭탄 속 타이머

베터리가 줄수록 내 마음폭탄은

정점 터질것 같다

00:2

결국 마무리를 짓고

내 마음폭탄은 팡! 하고 터졌다

조금은 다른 의미로

내 마음 속 폭탄

## 일기

김서연

처음에는 쓰기 싫었던 일기
매일 미루었던 일기
이제는 일상인 일기
나의 일상중 한 자리를 차지한
일기

# 국악수업

김용준

5학년이되어서 첫 국악 수업이었다.
국악 선생님의 이름은 홍승자 선생님이었다.
국악선생님은 대한민국에서 가장 유명한 국악 선생님이라고 소개 하였다.

밑장 빼기

윤희담

보드게임 카드를 내가
섞고 있었다.

...

그때 좋은 카드가 내
앞에 떨어졌다 심장이
두근 거렸다.

나는 그 카드를 내
카드 사이에 끼웠다.
심장이 두근거렸다
×2

성공!

# 학예회

-박예빈-

두근두근 했던 학예회

2년 만에 했던 학예회

코로나 때문에 부모님이 못 오셨던 학예회

체육관이 아니라 교실에서 했던 학예회

다양한 종목 들로하는 학예회

좀 부끄러웠던 학예회

좀더 많은 친구들과 하면 더더욱 재미있는 학예회

학예회

채민서

학예회

학예회

3년 만인 학예회

너무너무 긴장됐다

열심히 준비하고

열심히 노력한

학예회

하지만

부끄럽다

잘하는거 글.그림:김하양
엄마가 잘하는거 댄스
아빠가 잘하는거 TV보기
언니가 잘하는거 화장
오빠가 잘하는거 고양이 괴롭히기
내가 잘하는거 먹는거

## 학예회

글 김서연

그림 박소윤

오늘은 학예회

오늘을 위해 친구들과 열심히 준비한

학예회

준비한 공연들이 다가올 때 마다 긴장되는

학예회

몇년 만에 하는 학예회에 즐거워진다.

## 꽃들

김서연

길을 걷다 옆을 보니
꽃들이 피어 있다.

꽃들이 살랑살랑 고개를
흔든다.
마치 만나서 반갑듯이

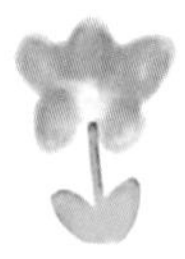

## 책 읽기

글 : 김범진

책 읽기

오늘도 책 읽기

내일도, 또

동화책도 읽어

매일 매일

책을 읽어

# 책

최시은

선생님 재미있는 책 읽어 주세요

그럼 재미있는 책 읽어줄게

선생님 책은 어떻게 써요?

책쓰는 법은 왜?

선생님과 저의 이야기를 담고 싶어서요

그렇구나 고마워 쏭

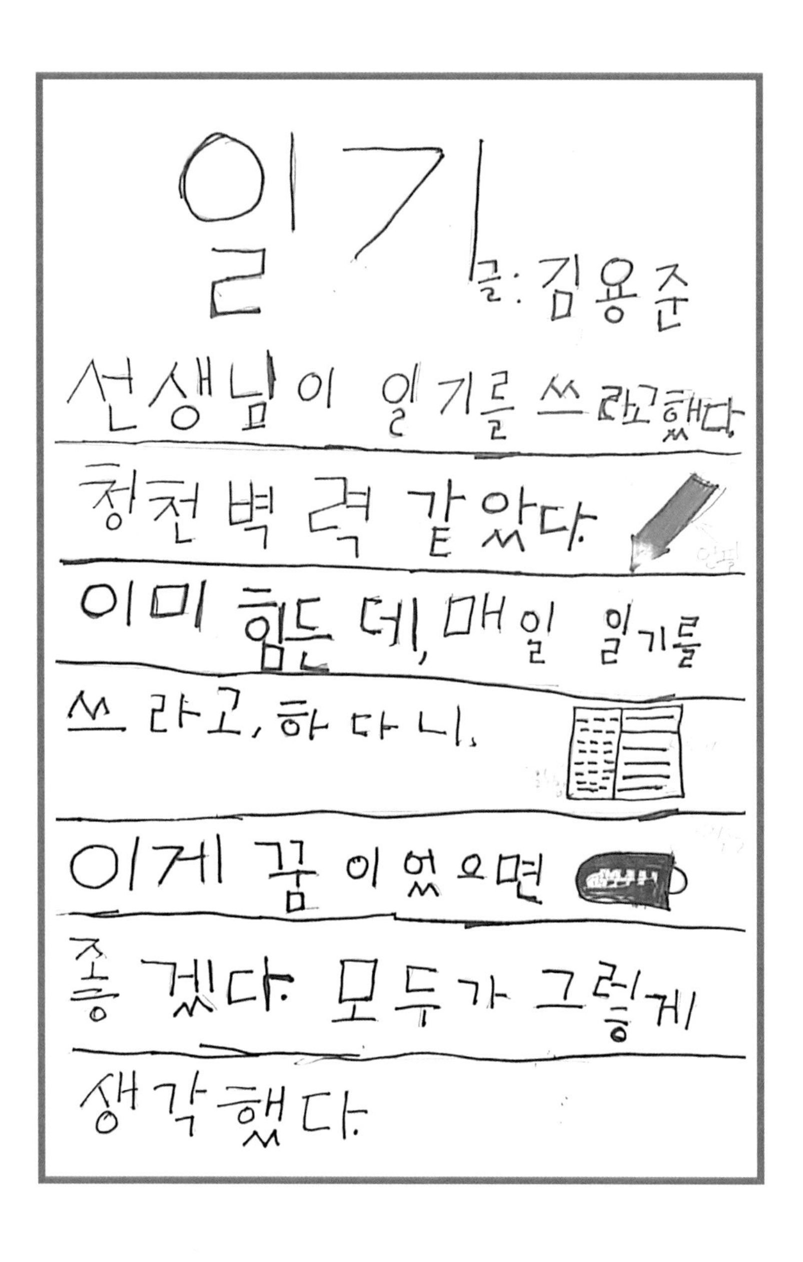
일기
글: 김용준
선생님이 일기를 쓰라고했다.
청천벽력 같았다.
이미 힘든데, 매일 일기를
쓰라고, 하다니.
이게 꿈이었으면
좋겠다. 모두가 그렇게
생각했다.

월요일 이름: 박서현
눈물이 나는 월요일
인생은 지금부터야!
또박 또박 학교 가는 길
비가 내려서 눈물이
글성 글성 난다.

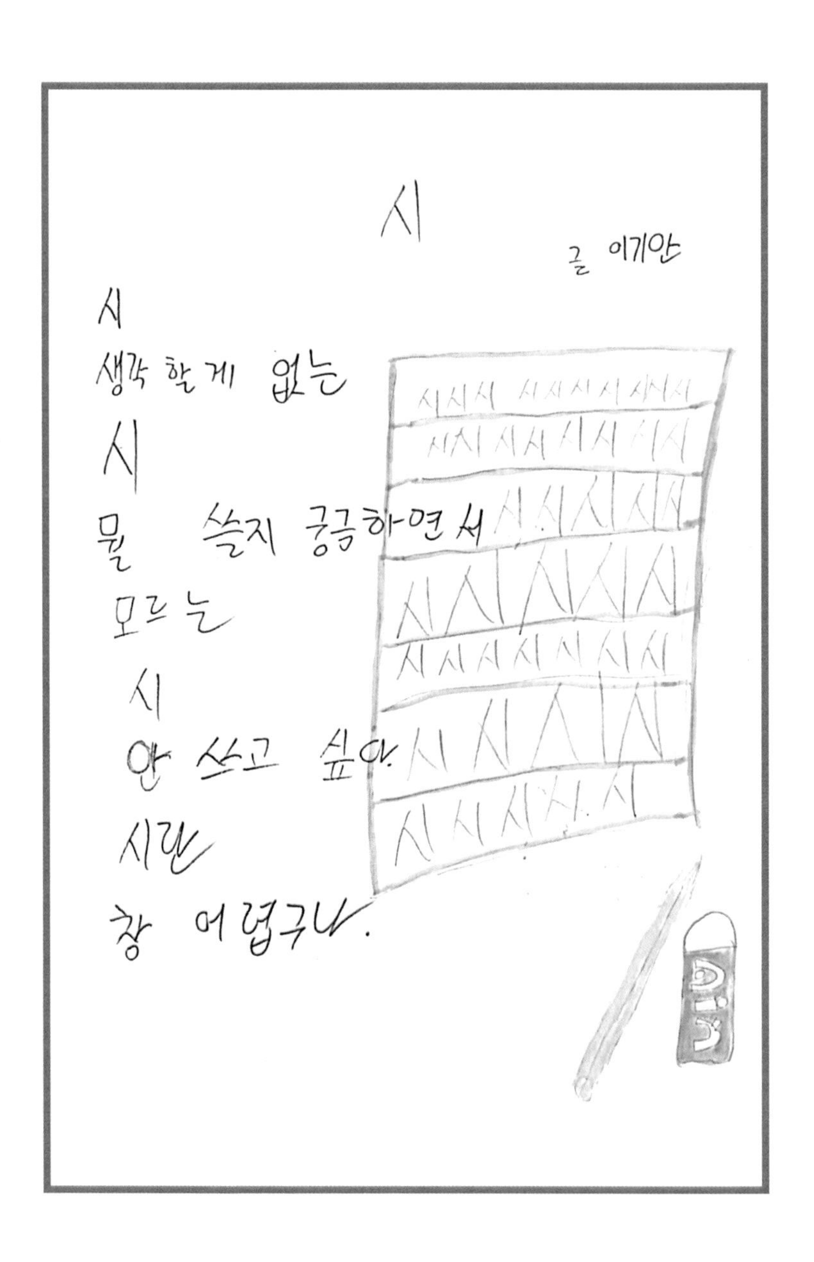
시
글 이기안
시
생각할게 없는
시
뭘 쓸지 궁금하면서
모르는
시
안 쓰고 싶어.
시란
참 어렵구나.

# 5학년 2학기

김해담

추운 겨울에 만났던

우리반 친구들

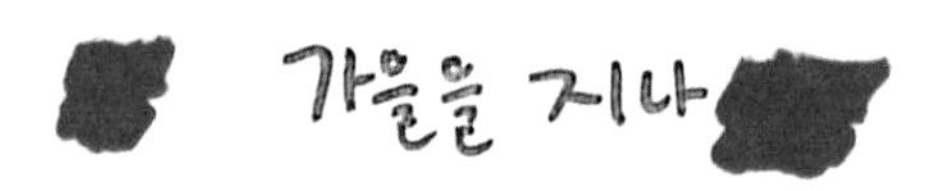


우리들의 만남이 끝이나네

~잘가.

김범진은 김범진

키가 커도 김범진

공부를 해도 김범진

책을 읽어도 김범진

기분이 좋아도 김범진

목소리가 작아도 김범진

친화력이 안좋아도 김범진

범진이는 친구들과 친해~ -재훈-

김범진은 김범진

# 제3화 열두 살, 기쁨

킹볼 글: 박시원

큰 공이 날아간다.

배드민턴 하는 듯이

딱! 딱! 소리가 난다.

여러 사람들이 모여 큰 공을

잡는다, 그 사람들은 또

딱! 딱! 소리 낸다.

## 〈우리 선생님은 책작가〉

글.그림:김 예림

우리 선생님은
책작가
우리 선생님은
책을 좋아하신다.
우리 선생님은
수학을 좋아하신다.
우리 선생님은
우리 반을 좋아하신다.
우리 선생님은
안경을 벗으면
완전! 예쁘다.

학예회
글그림: 김하량
학예회 긴장되는 학예회
학예회 교실에서 하는 학예회
학예회 손 떨리는 학예회
내 심장은 콩닥콩닥 내 머리에서
식은땀 주룩 주룩

# 개학

김서연

아침에 들려오는 엄마의 기분 좋은
목소리

엄만 밥 걱정을 안 해도 된다고

좋아 한다.

내 귀가 아프도록 말한 엄마의 말
" 개학 언제 해? "

오늘이 개학이다.

수학을 했다.
국어를 했다
라면도 먹었다.

그림,글: 서영, 하은

학교에 와서 연습.
집에서도 연습.
학예회가 올때까지 무한 연습.

기다리던 학예회!

끝나고 뿌듯♥
연습 하길 잘했다

그림책

홍수경

우리반 선생님께서는
아침마다 그림책을 읽어 주신다

그림을 보면 저절로 미소가 나오는
그림책도 있고

머리 속에 계속 생각나는
교훈을 주는 그림책도 있다

오늘도 우리반 선생님께서는
그림책을 읽어주신다

# 학예회

글: 윤희담
그림: 박소윤

행복한 학예회
아이들이 떠들어도
행복한 학예회

학 예 회

# 개학의 기쁨

고하은
김범진

방학이 드디어 끝나네
방학숙제도 끝났네

개학을 하고 나니
저녁엔 방학숙제가 없으니 얼마나 편한가.

하지만 겨울 방학을 기다린다.

학교에서 공부를 하기는 싫다.

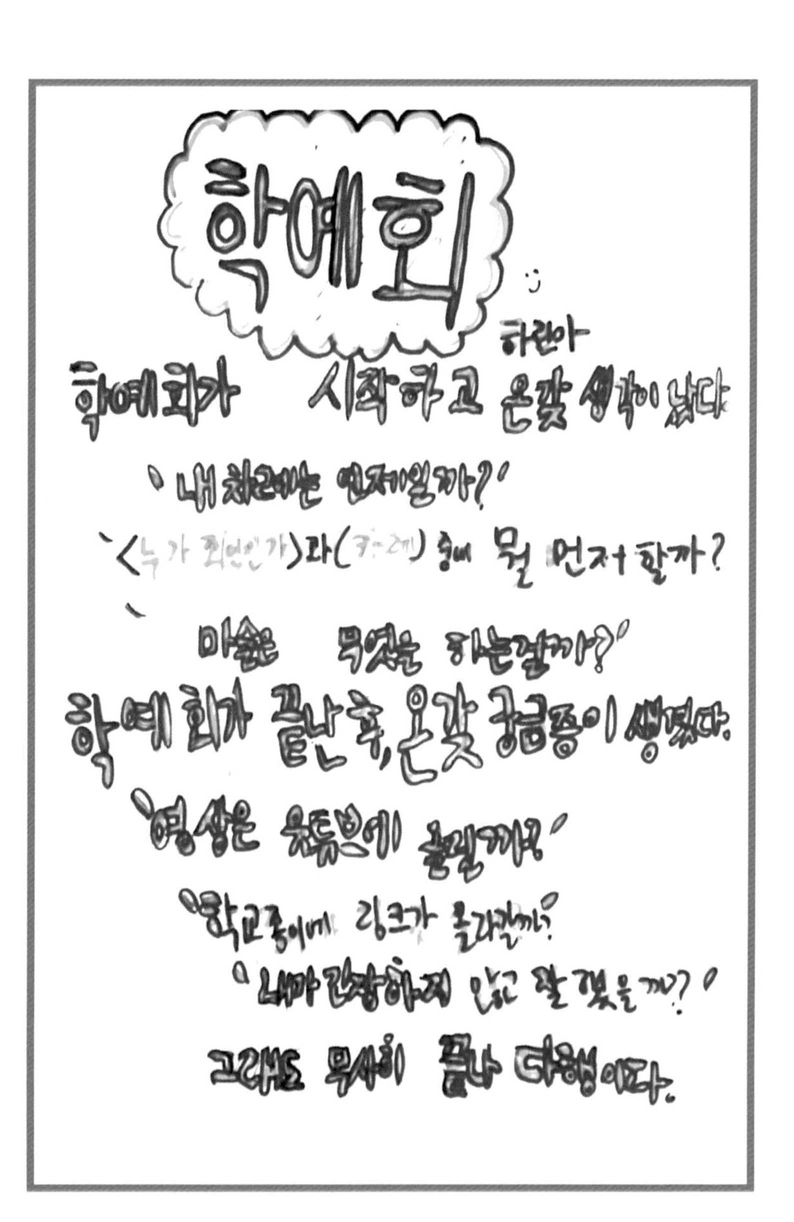
학예회
하란아
학예회가 시작하고 온갖 생각이 났다
'내 차례는 언제일까?'
'<누가 죄인인가>랑 ( ) 중에 뭘 먼저 할까?'
'마술은 무엇을 하는걸까?'
학예회가 끝난 후, 온갖 궁금증이 생겼다.
'영상은 유튜브에 올릴까?'
'학교종이에 링크가 올라갈까?'
'내가 긴장하지 않고 잘 했을까?'
그래도 무사히 끝나 다행이다.

# 버스

5-3
김범진, 이기안
조윤서, 김해담
김하량

오랜만에 타는 버스

버스야 반갑다!

기대되는 현장체험학습

도제를 만들었다

도자기를 만든다더니

창작물이 되었다.

스마트 단말기
두근 두근 노트북 받는날
설레는 맘으로 노트북을
가져온다
노트북 상자를 열어본다
반짝반짝 빛이 나는것
같았다.
1 2 3 4 5
노트북을 로그인을 마치고
난 집으로 돌아 간다.

그림 글
김하랑

생일 (remake)

3월 19일은 내 생일
생일에 할머니집가서
맛있는거 먹고 선물도 받고
친구한테 생일 빵은
덤이요~ 내년 생일
도 기대된디

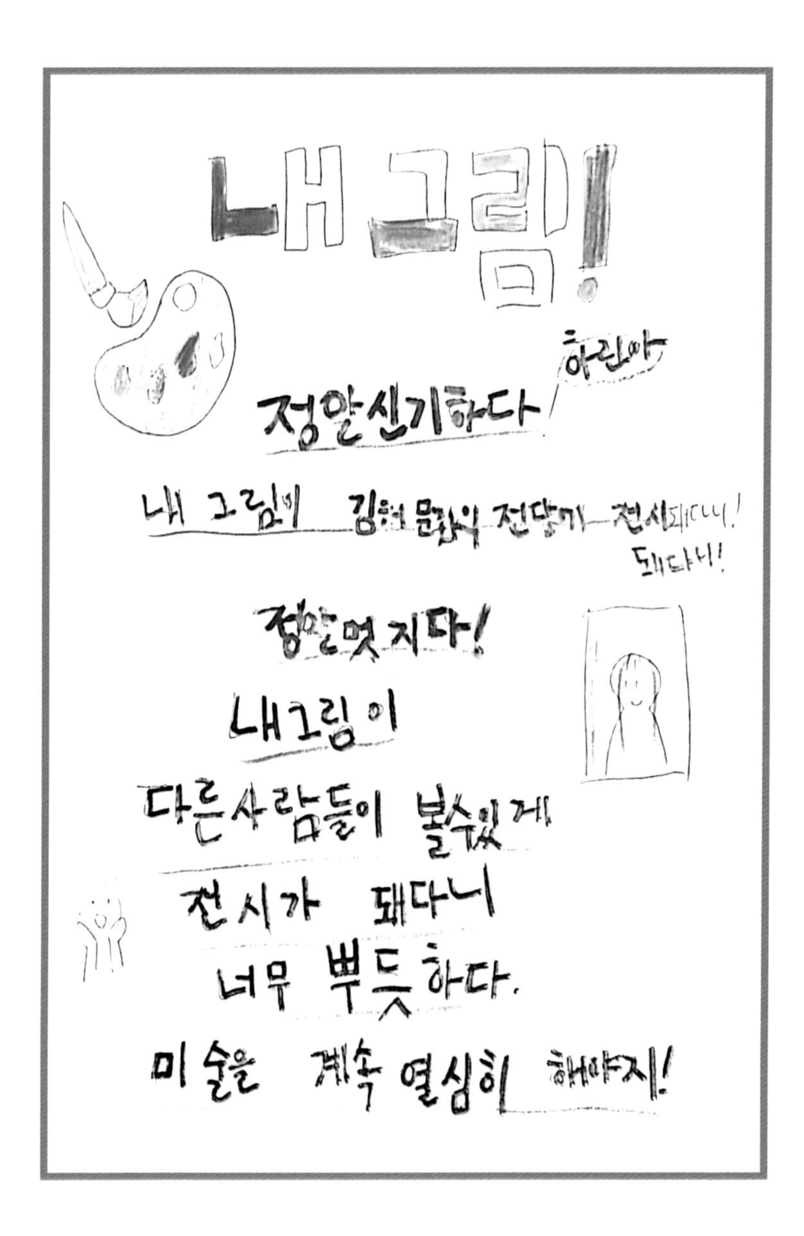
내 그림!
하린아
정말 신기하다
내 그림이 김해 문화의 전당에 전시되다니!
돼다니!
정말 멋지다!
내 그림이
다른 사람들이 볼 수 있게
전시가 돼다니
너무 뿌듯하다.
미술을 계속 열심히 해야지!

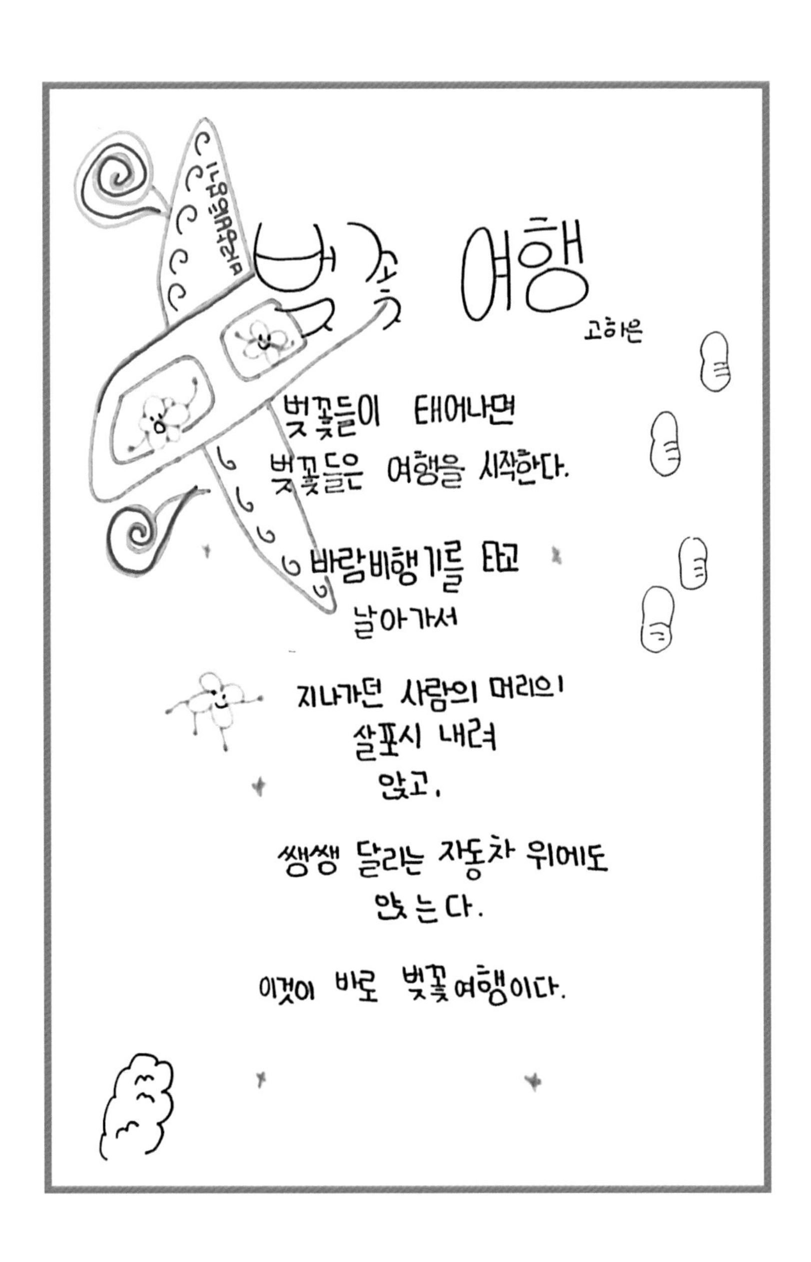
벚꽃 여행
고하은
벚꽃들이 태어나면
벚꽃들은 여행을 시작한다.
바람비행기를 타고
날아가서
지나가던 사람의 머리의
살포시 내려
앉고.
쌩쌩 달리는 자동차 위에도
앉는다.
이것이 바로 벚꽃여행이다.

# 기대된다

김서연

2일 남은 방학
너무 기대 된다!

방학에 하고 싶은 걸 다 할거라서
더욱 기대된다!

방학에 가족여행을 해서
더더욱 기대된다!

방학에 어떤 일이 일어날지
기대된다

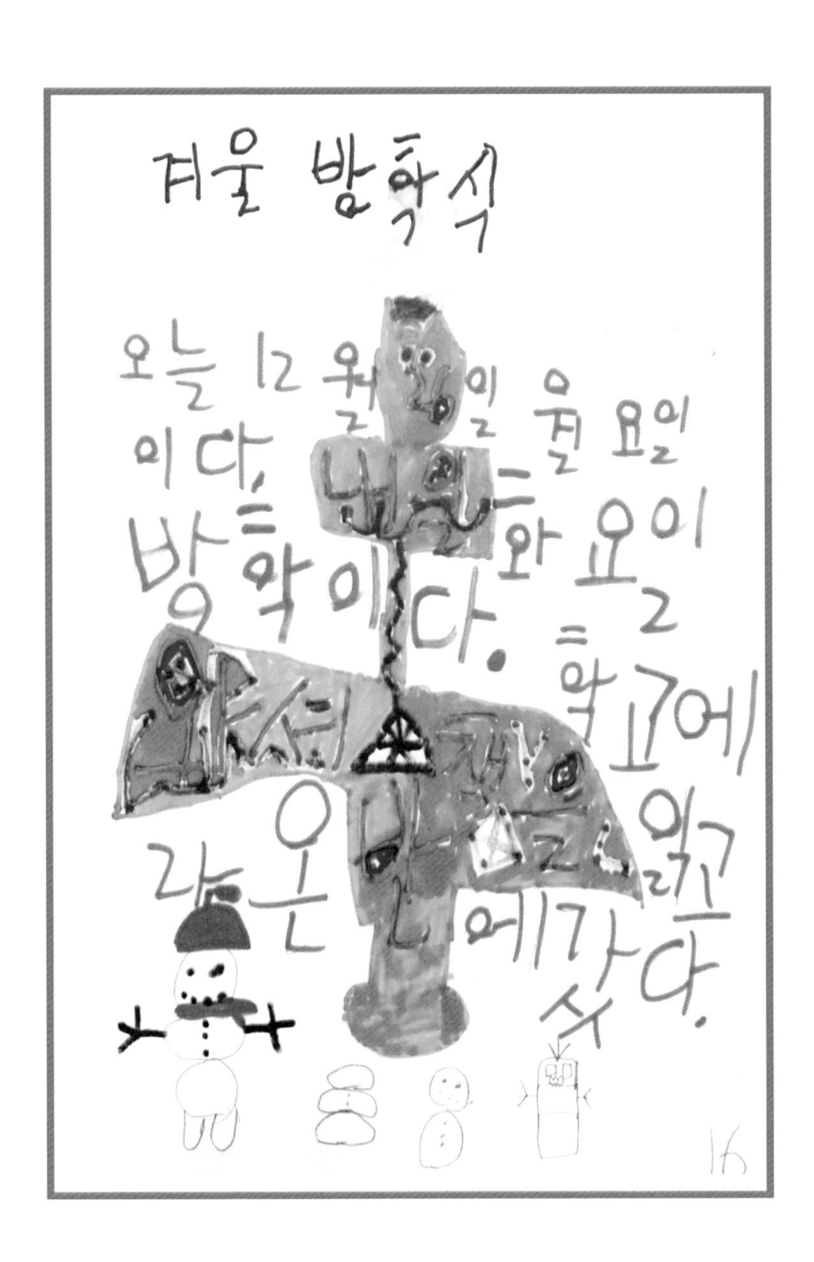
겨울 방학식

# 기분

고가원

우리에겐 여러가지 기분이 있어.

기쁨과 😄

슬픔과 😢

HAPPY

화남 ✕

등 여러가지 기분들 중 난..

기쁨이야.😄

학예회
조윤서
기대된다. 학예회
준비
떨린다, 떨려 학예회
공연 촬영 떨려
실수할까봐 촬영 다시 할까봐
그렇지만, 그런 짜릿함이
너무좋다.
"그림: 박혜빈"

# 월드컵 16강

지은이: 강준현

16강!!

드디어 2018년 월드컵이 끝나고
4년 뒤 2022년 카타르
월드컵이 시작되었다
우루과이전에서 0:0으로 동점이고
가나전에서 2:0으로 패했다
이번 포르투갈전에 지면 우리나라는
32강 본선에서 떨어지는 건데
2:1로 이겨서 16강을 올라갔다

와!!

나는 기분이 월드컵에 내가 간
느낌이었다 끝

# 방학동안

고하은

방학은 많고

시간도 넘치지만

방학 동안 뭘하지?

방학은 놀러 갈 수도 있고

잠을 잘 수도 있지만

방학 동안 뭘한진

모르 겠다.

방학동안 뭐하지?

# 인생네컷!?

고가원

친구들이랑 인생네컷!?

머리띠를 고르고
~~찰칵~~ 사진찍으러 들어갔다.

여러가지의
포즈를 취하고 찰칵!?

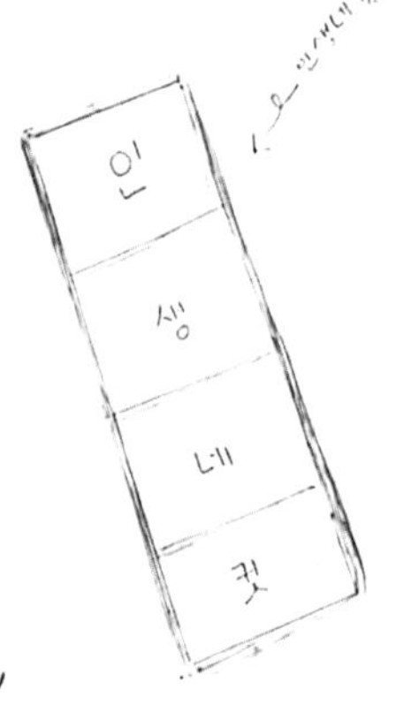


1번만에 성공!?~

인생네컷 찍기는 재미있어~

방학 개학

글: 박시원

1학기 부터 2학기 까지 공부
하는데 힘 들지만
친구들도 사귀고 즐거웠다.

방학 이 되었다.
방학 도 즐겁지만
추억 을 남은 공부들도
즐거 웠다.

추억들

방학식

똥 글: 박시원

두두두두! 뛰어간다.
선생님이 뛰지 말라는데
두두두두! 뛰었다.

화장실에 가서
시원하게 두두두두!
싼다.

# 노래방

〈김용준〉

노래방,
노래방,
노래방은 참 좋은 장소다.
어떤 사람들은 회식하는 장소,
어떤 사람은 스트레스 푸는 장소,
어떤 사람은 일하는 장소.
노래방,
노래방,
노래방은 참 좋은 장소다.

마이크

# 놀기

글 : 김범진

오늘도, 내일도, 또 놀아
매일매일 놀고 싶어

매일매일
노는 게 제일 좋아

놀 때는 매일매일이 설레

# 주말.

글,그림: 서영

신나는 주말.

아침부터 축구를 하러 간다.
결과는 승리~
신나게 옷을 사러 갔다.

신나는 두번째 주말.

친구들을 만나러 간다.
사진도 찍고
물건도 사고...

주말이 최고다!..

# 킨볼

글,그림: 최시은

체육시간이 되면
리그전을 시작한다

옴니킨 ㅁㅁ 외치면
공이 날라간다.

공을 잡아서
치고 또 잡아서
치는 것을 반복한다

내 팀 차례가 되면
생각 한다
"내가 나갈까?"

혜빈이는 혜빈이
친구들이랑 놀러 갔때도 혜빈이
학교에 가있어도 혜빈이
만들기를 하고 있어도 혜빈이
그림을 그리고 있어도 혜빈이
잠을 자고있어도 혜빈이
혜빈이는
혜빈이
나는 나!
나는 나져!
나는 나

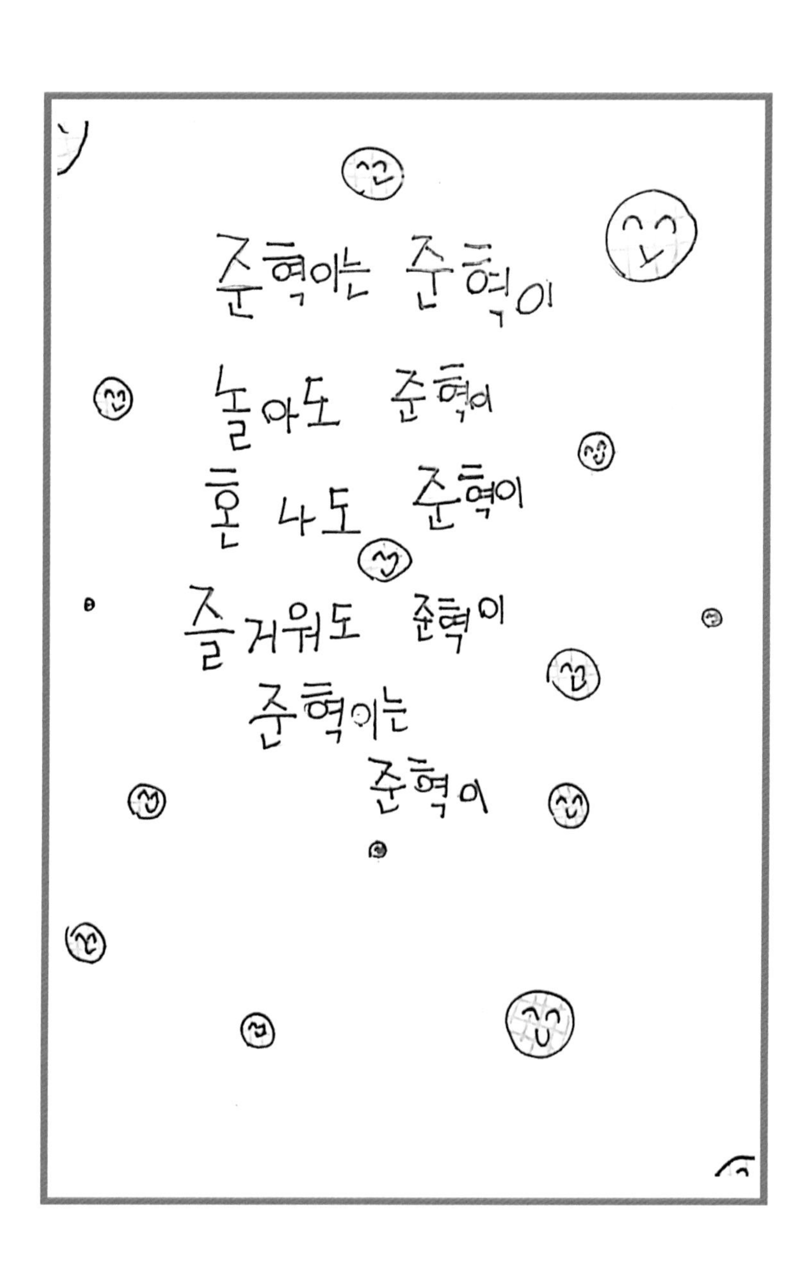
준혁이는 준혁이
놀아도 준혁이
혼나도 준혁이
즐거워도 준혁이
준혁이는
준혁이

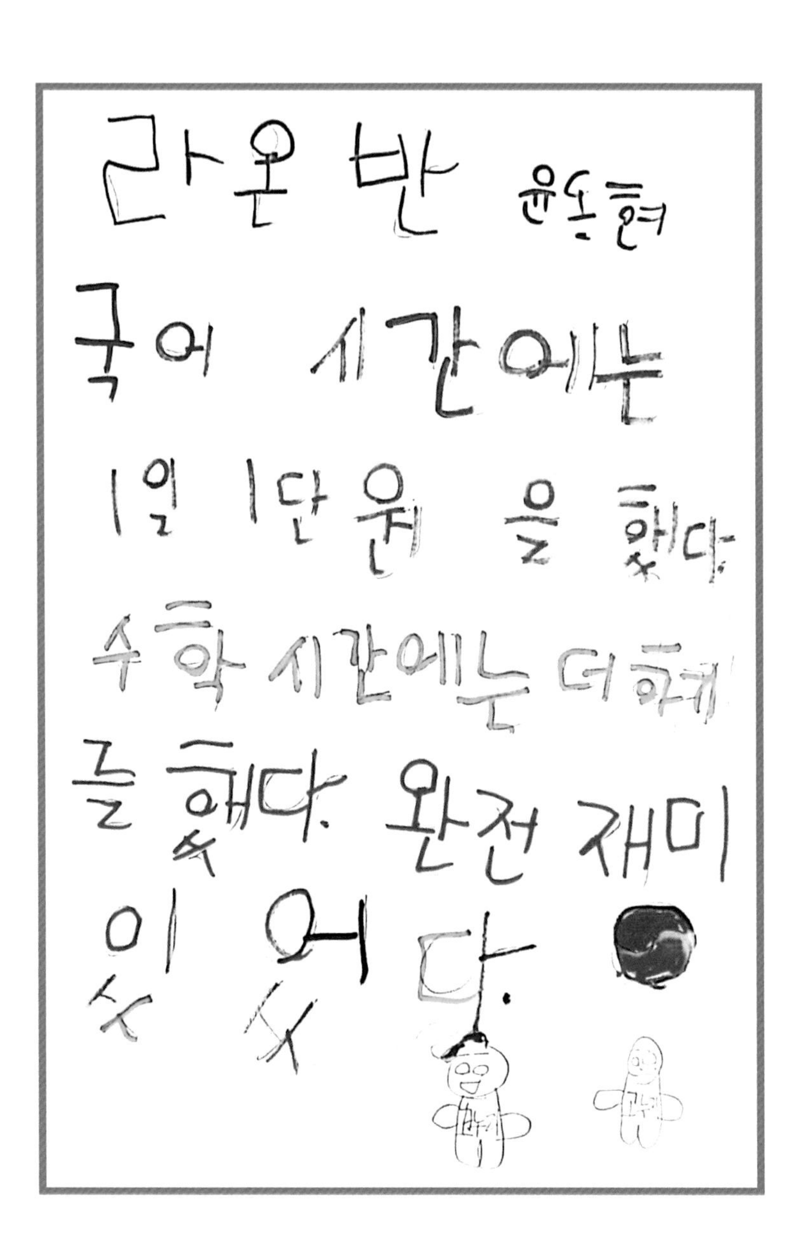

라온반 윤소현

국어 시간에는 1의 1단원을 했다. 수학 시간에는 더하게를 했다. 완전 재미있었다.

<바뀌는 국악 수업>

김범진
고하은

재미있는 국악수업 반 이름이 바뀌었다.
우리반 이름이 뚱굴반이 되었다.

재미없는 도움소 반이름이 또 바뀌었다.
우리반의 이름은 뚱글반이 되었다.
재미있는 바늘귀 꾸메기 또, 또바뀌었다
우리반 이름은 누뤼그 반이 되었다.

마지막 인사 내가 모르는 사이 바뀌었다.

이름이 느그반이 되었다.

띵~
글: 서영
그림: 서영
점심시간이 끝나고 끝나는 학교 소리가
들렸다. 띵~
교실에 들어가 자리에 앉아 있었더니
국악 선생님이 북을 치니 내 머리가 띵~
쩌렁 쩌렁 노래를 부른 때도 띵~
작별 인사를 건내고 문이 다칠때즘
긴장했던 마음이 땡~ 종을 쳤다.
긴장했던 마음을 풀며 집으로 가는
신호등... 역시나
띵~

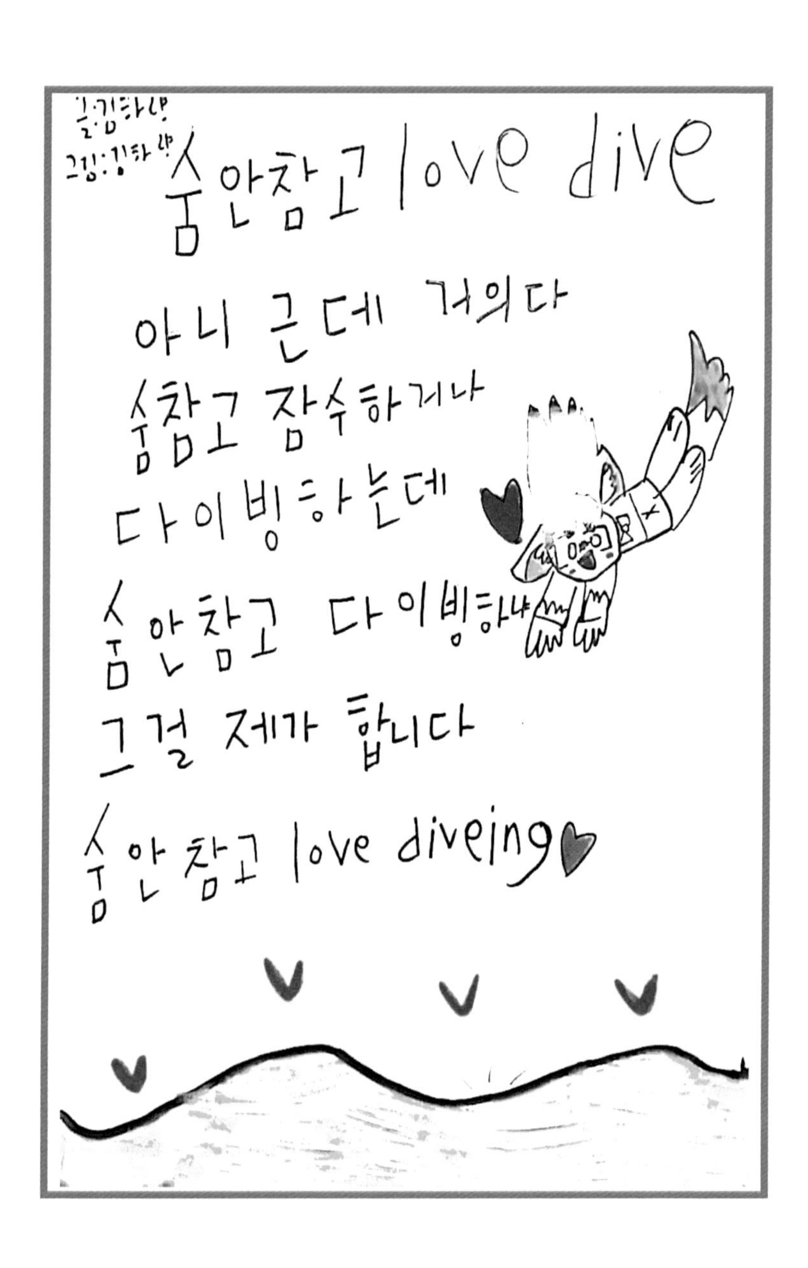
글: 김하아!
그림: 김하아!
숨안참고 love dive
아니 근데 거의다
숨참고 잠수하거나
다이빙하는데
숨안참고 다이빙하나
그걸 제가 합니다
숨안참고 love diveing

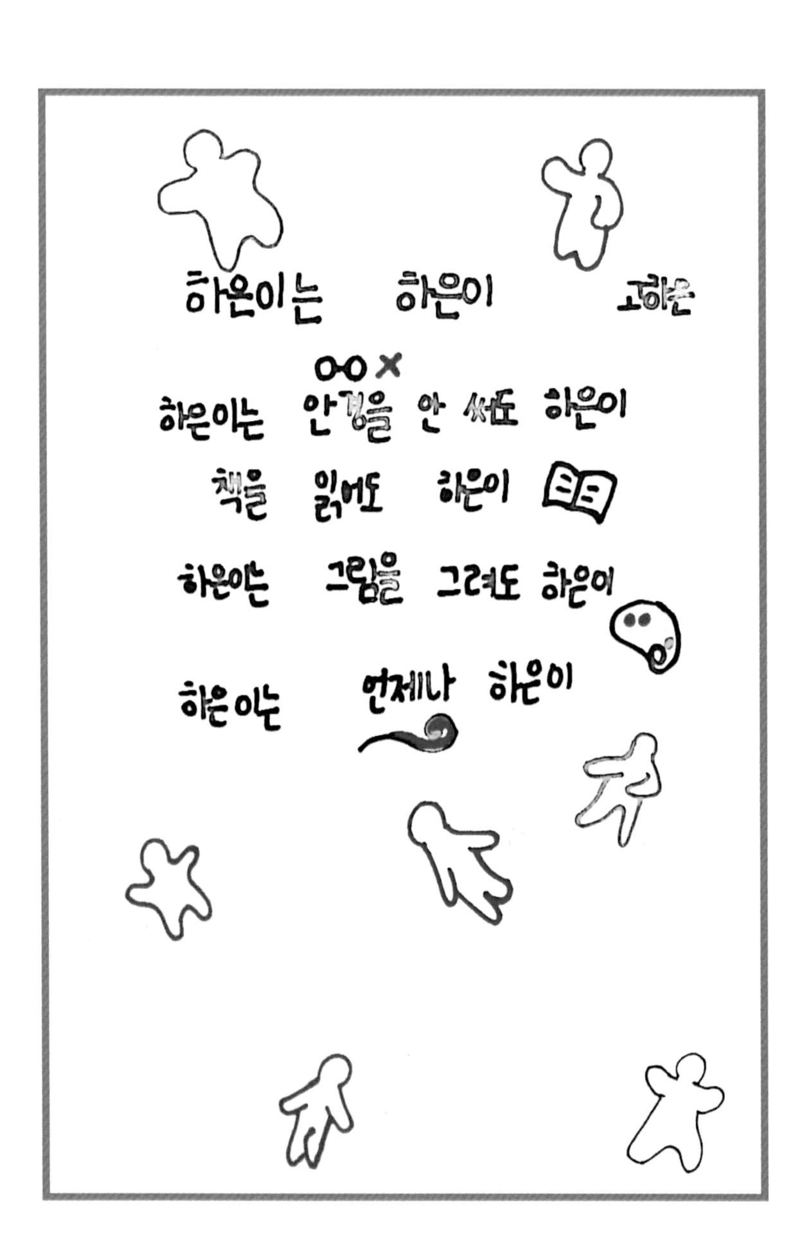
하은이는 하은이 고하은
하은이는 안경을 안 써도 하은이
책을 읽어도 하은이
하은이는 그림을 그려도 하은이
하은이는 언제나 하은이

「킨볼」

김로빈

그림. 김예건

킨볼하면 긴장된다
킨볼하면 재밌다
킨볼하면 슬프다
킨볼하면 즐겁다

# 제4화 열두 살, 감사

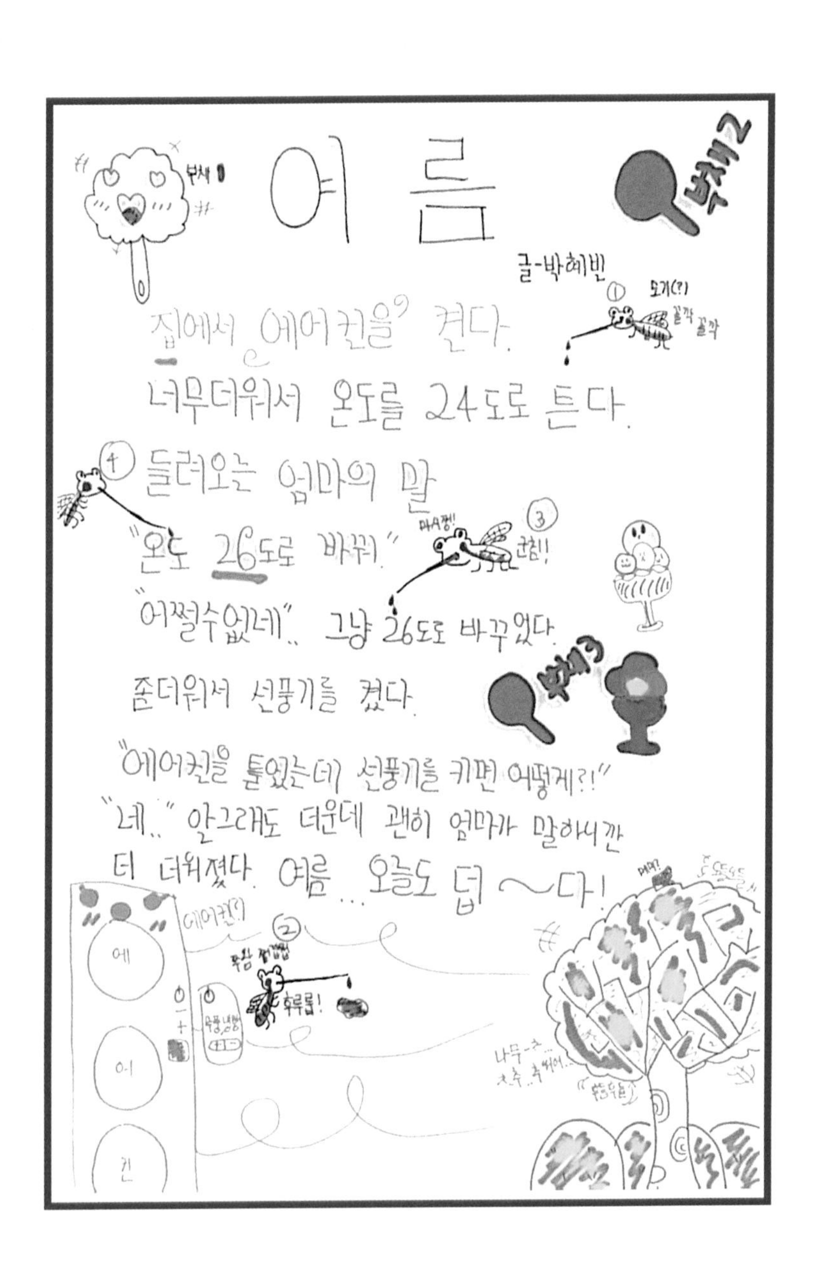
여름
글-박혜빈
집에서 에어컨을 켰다.
너무더워서 온도를 24도로 튼다.
들려오는 엄마의 말
"온도 26도로 바꿔."
"어쩔수없네".. 그냥 26도로 바꾸었다.
좀더워서 선풍기를 켰다.
"에어컨을 틀었는데 선풍기를 키면 어떻게?!"
"네.." 안그래도 더운데 괜히 엄마가 말하니깐
더 더워졌다. 여름... 오늘도 덥~다!
부채
모기(?)
에어컨(?)
후루룹!
에
어
컨

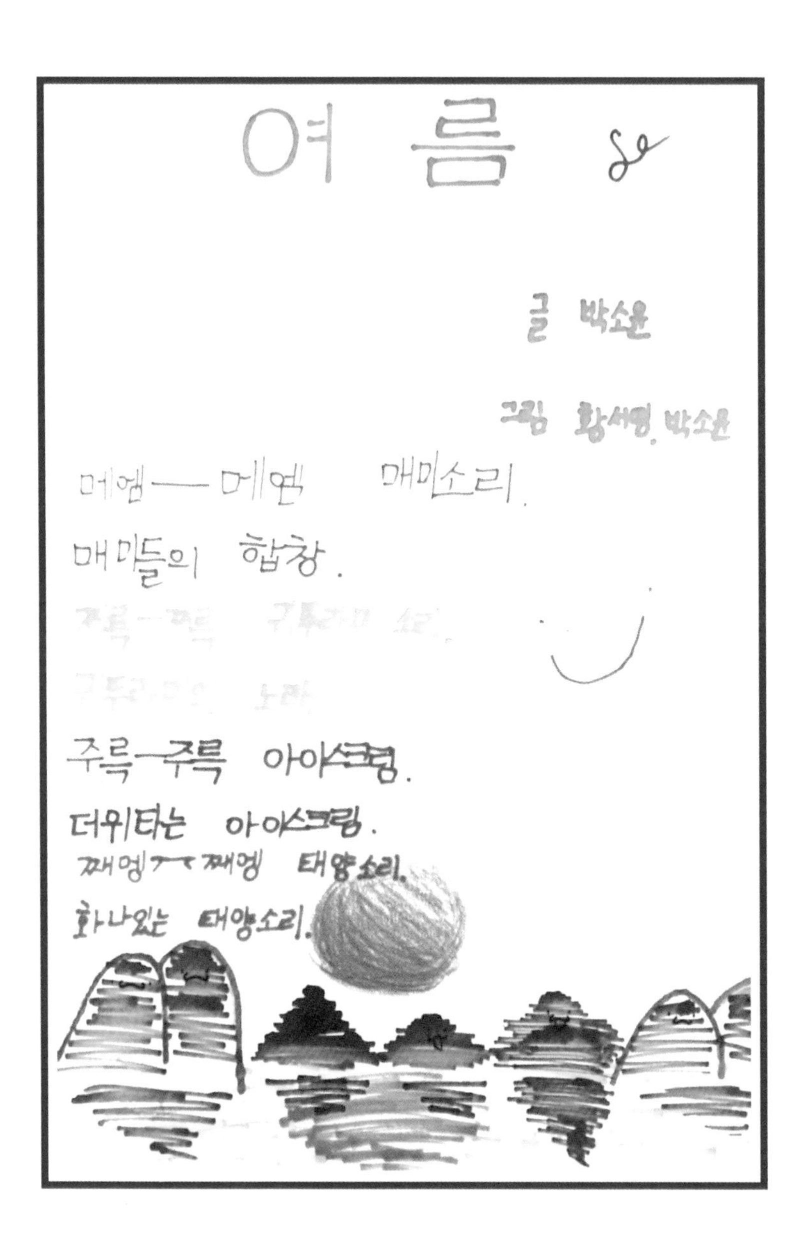
여름
글 박소윤
그림 황서영, 박소윤
메엠—메엠 매미소리.
매미들의 합창.
주륵—주륵 아이스크림.
더위타는 아이스크림.
쨍—쨍 태양소리.
화나있는 태양소리.

# 학예회

〈김용준〉

많은 정성이 깃든 학예회
나포함 친구들, 선생님도
힘든 학예회

나, 친구들은 연습하고, 친구들
에게 보여준다고 힘들고, 선생님
은 동영상 찍는다고 힘든 학예회
힘들지만 좋은 학예회)

# 개학

글: 김준혁
그림: 홍수경

학교 가는날

오늘 개학을 끝내고 학교를 간다
재미있는 방학이 끝나서 아깝다
이젠 겨울 방학이 남았다
겨울 방학은 언제올까
이시를 쓰고 검사를 맡았다
나는 는검사를 받고 말했다

와!! 살았다!!

<학예회>

글: 이기안

오늘은 학예회
정상 수업인 학예회
촬영할 때 조용히 하기

힘든 학예회
우리 모두가 힘든 학예회
카레 춤을 추고
점심을 카레로 먹는
오늘은
학예회..... -끝-

-27-

# 3월 1일

글 : 김용준

윤동주, 유관순, 박열, 안중근, 이봉창, 김구, 도산 안창호, 홍범도, 김좌진 이런 분들의 공통점은 독립운동가 입니다.

특히 윤동주, 유관순, 김구, 안중근 같은 분들은 어린 나이에도 독립운동에 참가하셨습니다.

어쩌면 지금의 대한민국은 독립운동가 분들이 있어서 아닐까요?

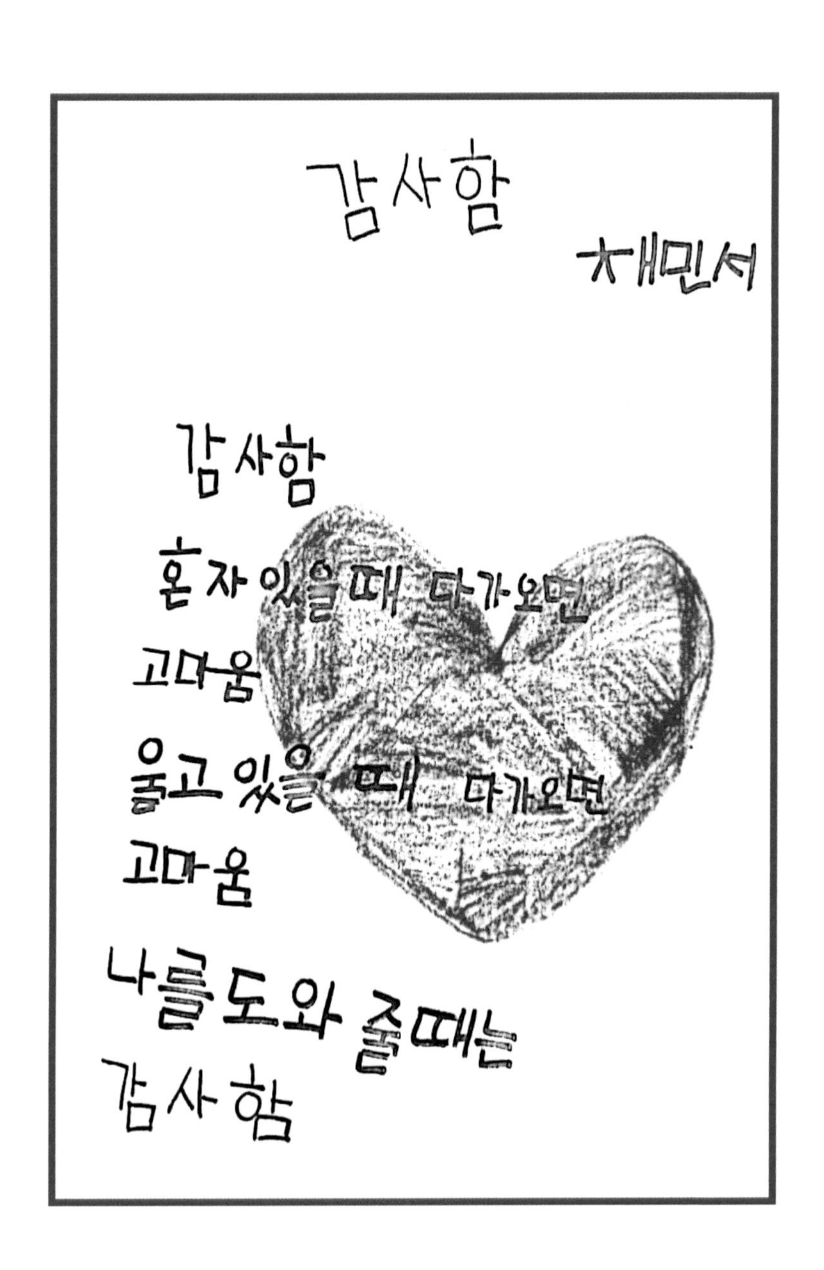
감사함
채민서
감사함
혼자 있을때 다가오면
고마움
울고 있을 때 다가오면
고마움
나를도와 줄때는
감사함

국악 판소리 글: 윤희담 그림: 박소윤

어제 국악 선생님이 오셨다
목소리가 정말 크셨다.

5-ㄴㄱ

아이들이 노래를 불렀다.
나도 노래를 불렀다.

5-ㄴㄱ

내가 부르는것보다
더 크게!!!

# 열두살 선생님

글/그림 : 박소윤

선생님의 말씀
"포기하지 마라"

"왜 그러냐"

"어쩌라는 거냐"

"무슨일 있는거냐?"

다 잔소리지만

다 날위한소리

다 고마운소리

다 걱정해주는 소리

여름이라 그런지 너무

덥다

31도 이다, 내 체온보다 낮은데

에어컨을 틀어도

집가서 아이스크림을 먹어도

더우면 어떡하지?

제가 하겠습니다

숙제하는거 제가하겠습니다
먹는거 제가 하겠습니다
날아가는거(?) 제가 하겠습니다
도망가는거 제가 하겠습니다
춤추는거 제가 하겠습니다

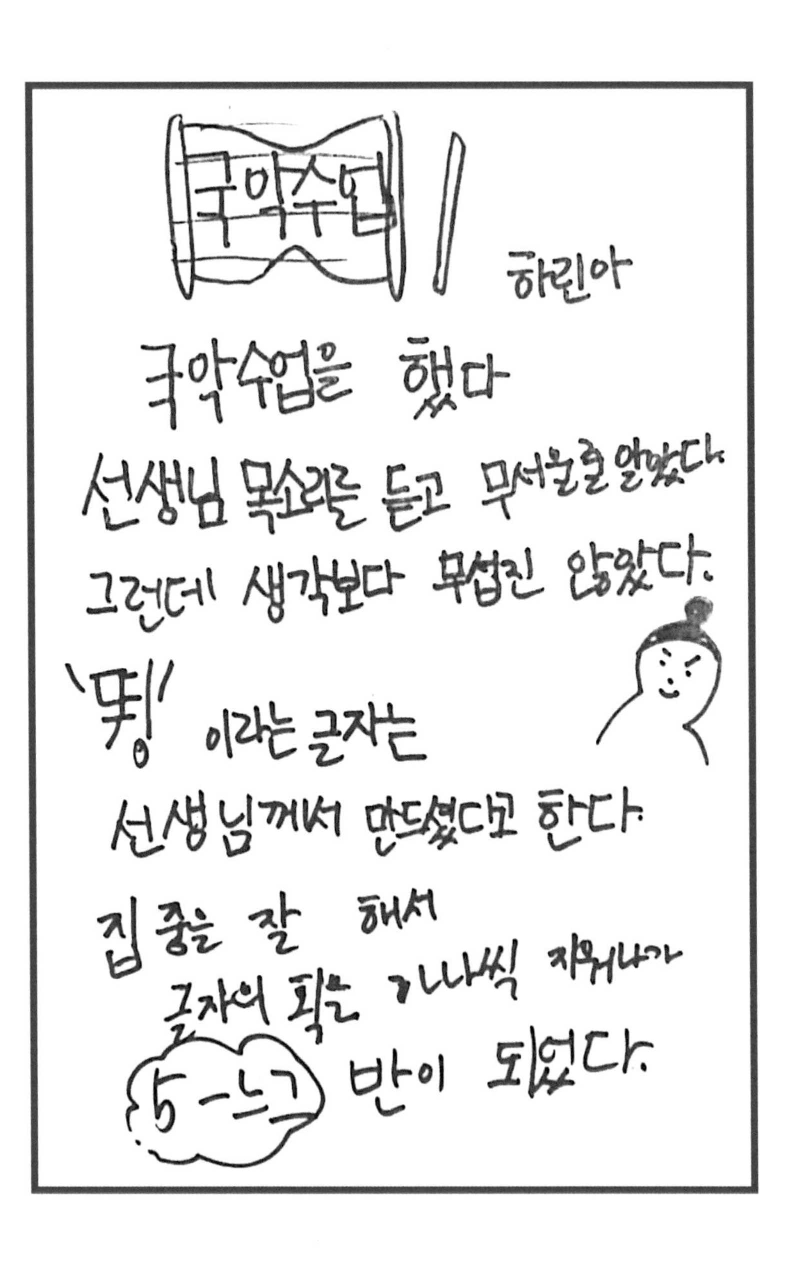
국악수업!
하린아
국악수업을 했다
선생님 목소리를 듣고 무서울줄 알았다.
그런데 생각보다 무섭진 않았다.
'똥' 이라는 글자는
선생님께서 만드셨다고 한다.
집중을 잘 해서
글자의 획을 ㄱㄴ나씩 지워나가
5-느ㄱ 반이 되었다.

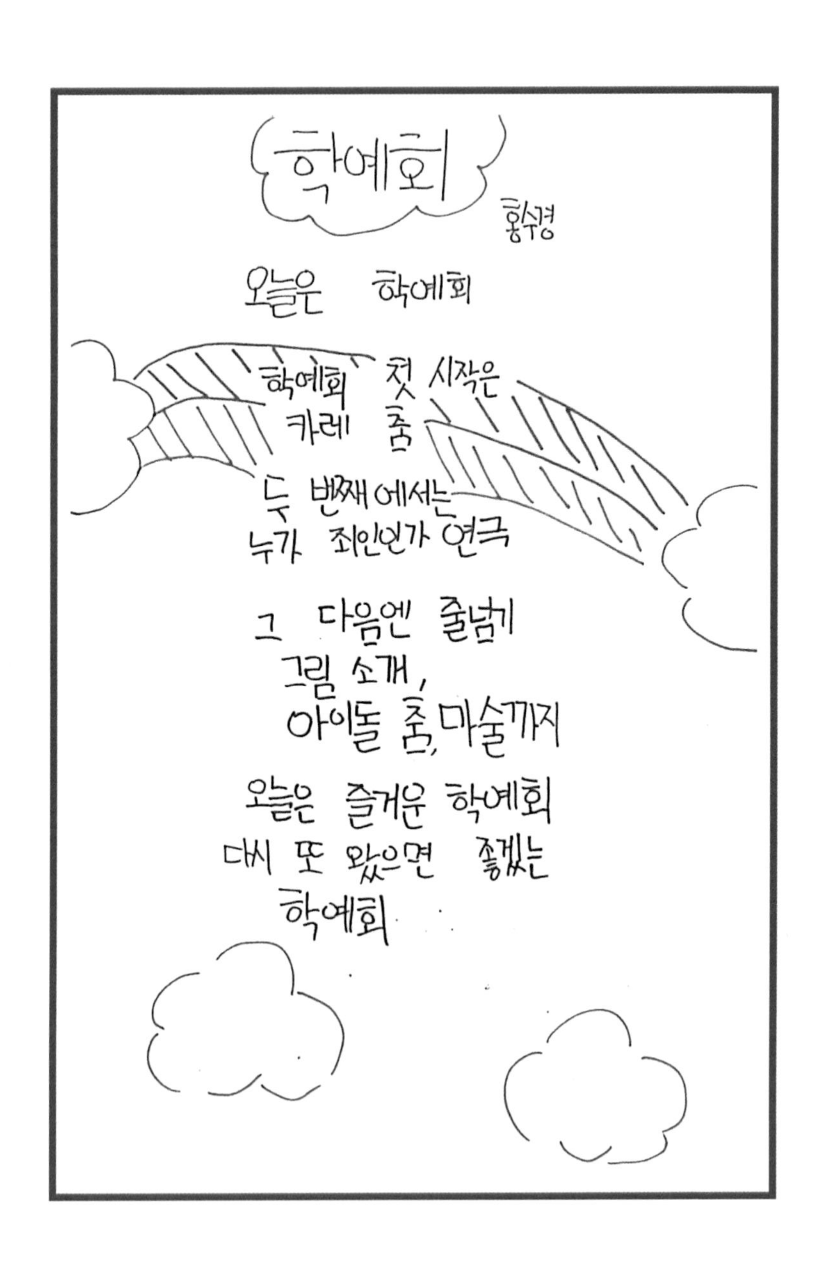
학예회
홍수경
오늘은 학예회
학예회 첫 시작은
카레 춤
두 번째에서는
누가 죄인인가 연극
그 다음엔 줄넘기
그림 소개,
아이돌 춤, 마술까지
오늘은 즐거운 학예회
다시 또 왔으면 좋겠는
학예회

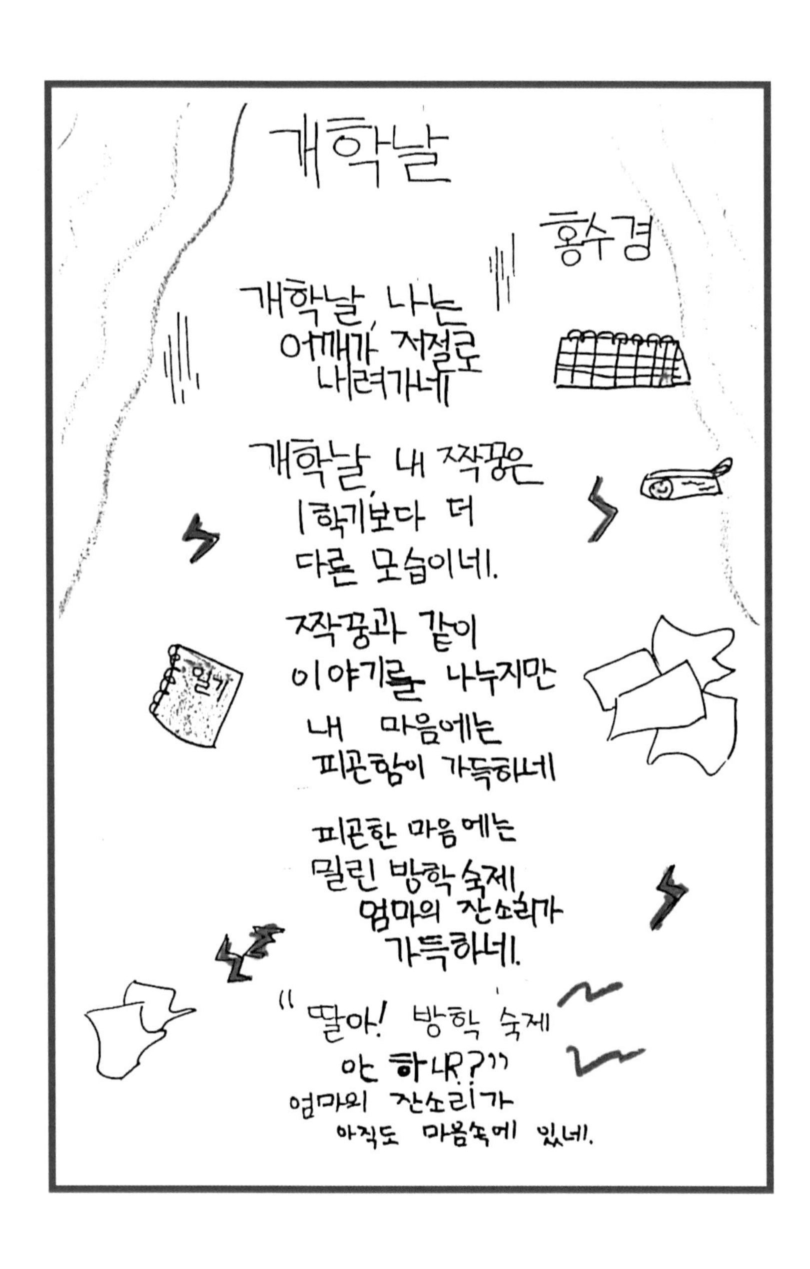
개학날
홍수경
개학날, 나는
어깨가 저절로
나려가네
개학날, 내 짝꿍은
1학기보다 더
다른 모습이네.
짝꿍과 같이
이야기를 나누지만
내 마음에는
피곤함이 가득하네
피곤한 마음에는
밀린 방학 숙제,
엄마의 잔소리가
가득하네.
"딸아! 방학 숙제
안 하니?"
엄마의 잔소리가
아직도 마음속에 있네.
일기

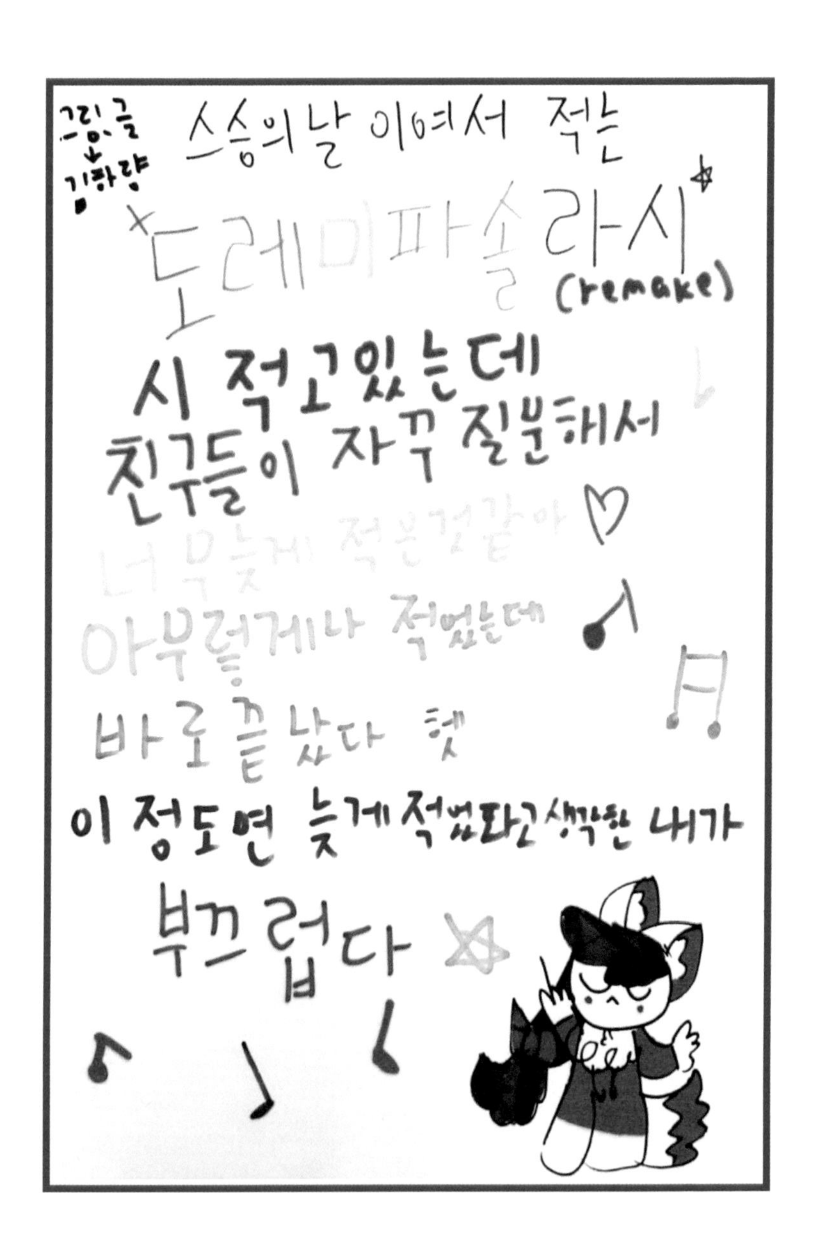
그림·글 김하량
스승의날 이여서 적는
도레미파솔라시 (remake)
시 적고있는데
친구들이 자꾸 질문해서
너무 늦게 적은것같아
아무렇게나 적었는데
바로 끝났다 헷
이 정도면 늦게 적었다고 생각한 내가
부끄럽다

〈선생님께 드리고 싶은 시〉

김용준

선생님 저 김용준 입니다.

선생님 저희반에 들어오신지
2 달되었습니다.

선생님 께서는 아직까 지
적응기 일 수도있고적응이 되셨을
수도 있습니다.
그리고 2년동안 모든 고난,
역경을 겪고 올라오신 선생님 19년.
저희도 선생님과 같은반이 되어서
영광 입니다.
저희도 최고의 1년이될수있도록
최선을 다하겠 습니다.

~개학
그림,지은이: 김준현
개학이 하루 남았다
두근 두근 콩닥 콩닥
눈을 1번 깜빡였다 개학날이다
오랜만에 남자 친구들을 볼 마음에
두근 두근 콩닥 콩닥
싫다
좋다

선생님 존경하고 사랑합니다

하람아



매일 하는 이 말



우리반 만의 인사말

선 생님 존경하고 사랑합니다.

단순한 인사말이 아닌

진심입니다

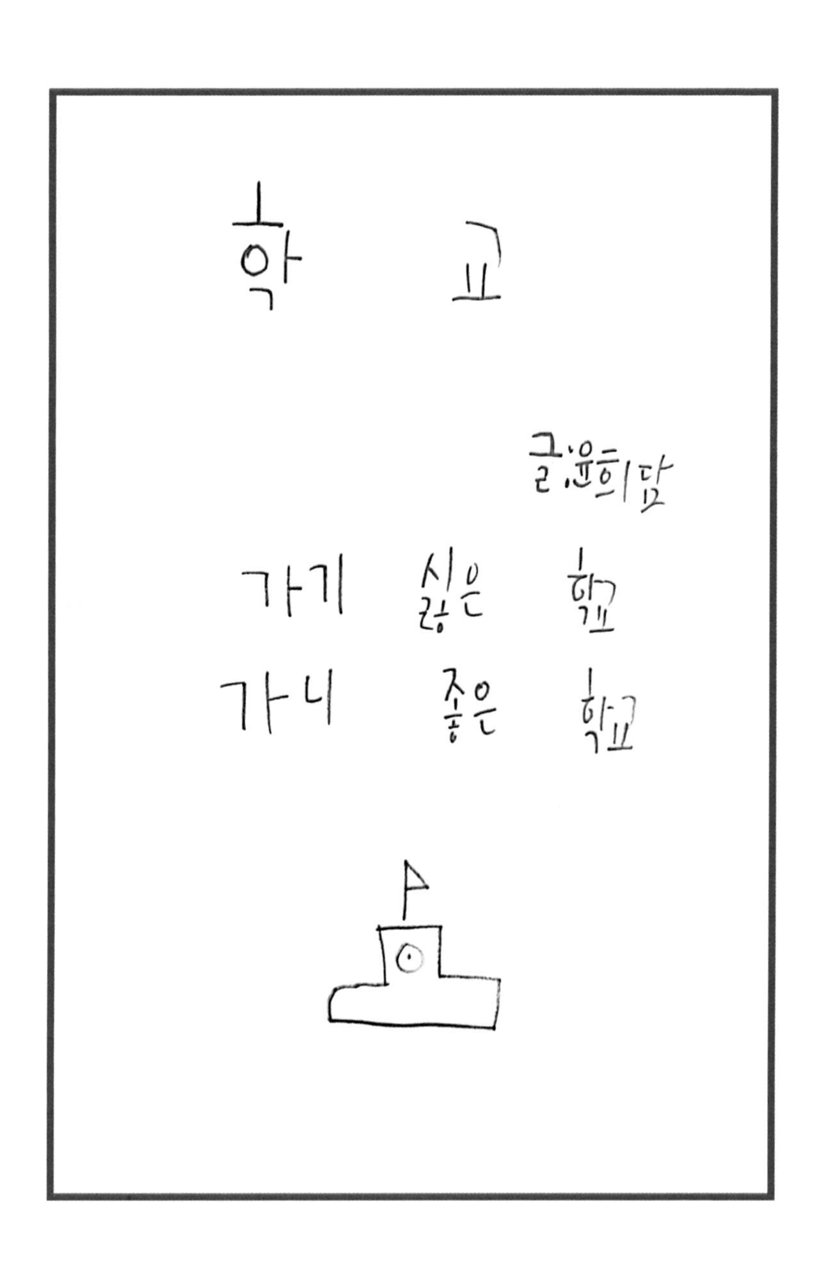
학교
글:윤희담
가기 싫은 학교
가니 좋은 학교

# 방학

글: 김준혁
그림: 채민서

이제 드디어 방학이다
내가 제일 기다리던
방학

조금 만 조금만 기다리면 방학
근데
시간이 너무 안간다

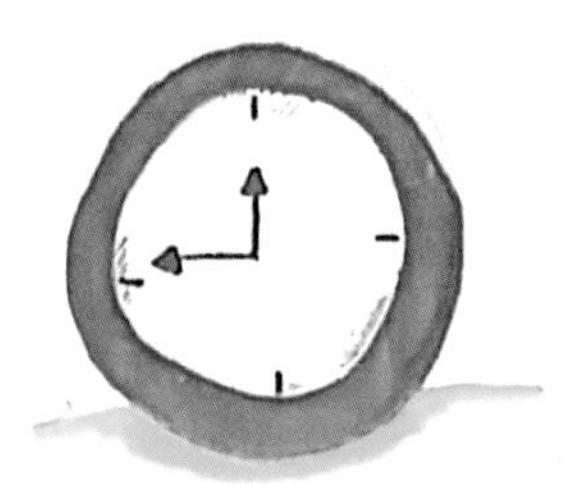

시는 어렵다.

글: 한재윤
그림: 고가원

오늘 남아서
시를 써야 한다.

손에 붕대가 있어서

손가락 2개로

시를 적어야 한다.

너무 힘들다.

글씨가 이상해서

다시 적을수도 있다고 생각해

나도 모르게
열심히 하게 된다.

시는 어렵다.

# 어렵다, 어려워....

고가현

처음으로 하는 노트북,
어떻게 킬 줄 몰라.
어렵다. 어려워.....

아무리 설명을 들어도
어떻게 할 줄 몰라.
어렵다, 어려워....

아무리 타자를 쳐도
너무 느려서
어렵다, 어려워.....

하~
다음에 해야 겠다....

시쓰기

조윤서

쓰으 쓰윽 시를 쓴다.

어렵다 어려워

주제를 찾는 게....

찾았다! 주제

주제 찾는게 뿌듯하다.

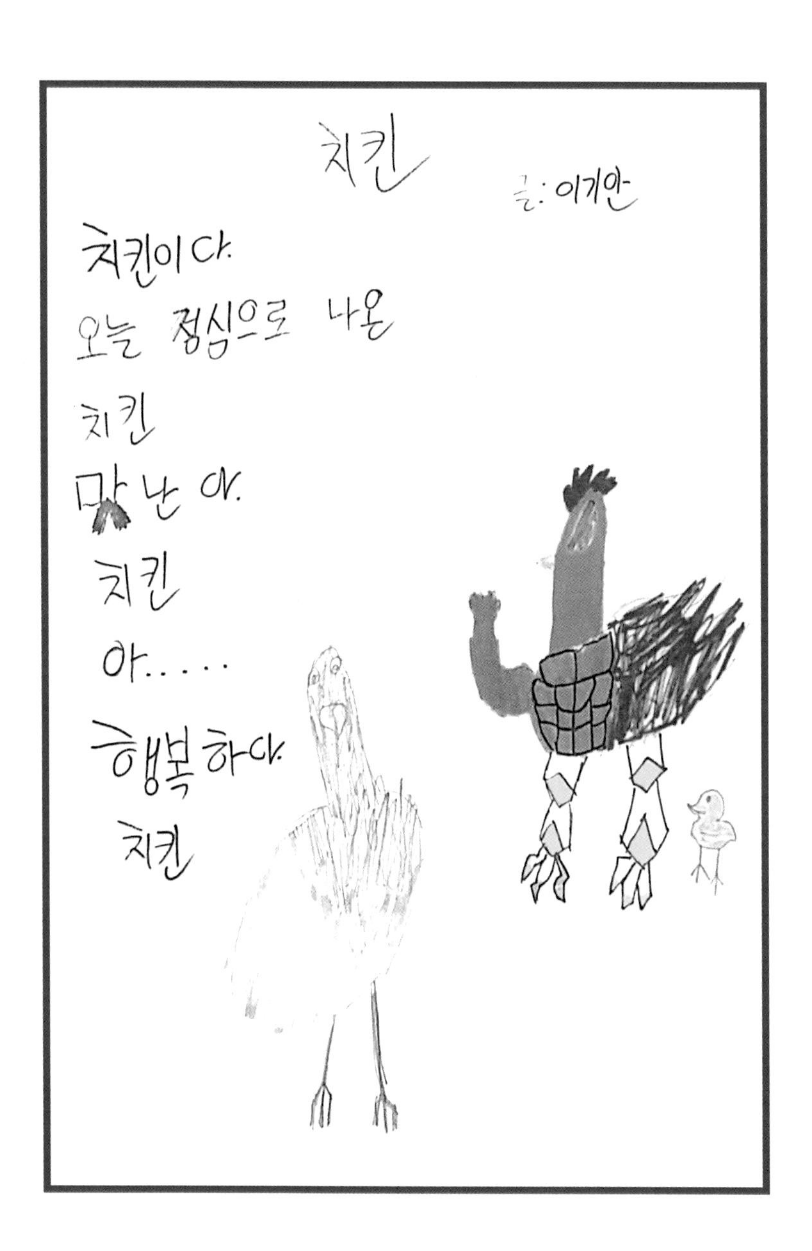
치킨
글: 이기안
치킨이다.
오늘 점심으로 나온
치킨
맛난다.
치킨
아.....
행복하다.
치킨

## 학예회

고하은

전날부터 설렜던
학예회

막상 하고 있으니
웃겼던
학예회

짜증도 났던
학예회

여러 감정들을 느꼈던
학예회.

# 시

- 이[illegible] -

지금은 '시' 쓰는 시간이다
'시' 쓸게 없어서 '시'를 주제로 '시'를
쓸려고 한다
'시' 쓰기가 귀찮지만 '시'를 써야
나중에 시험에 많이 들어가기
때 문 에
'시'를 써야한다
그래서 '시'를 썼다
'시'험에 들어간 '시' 끝~

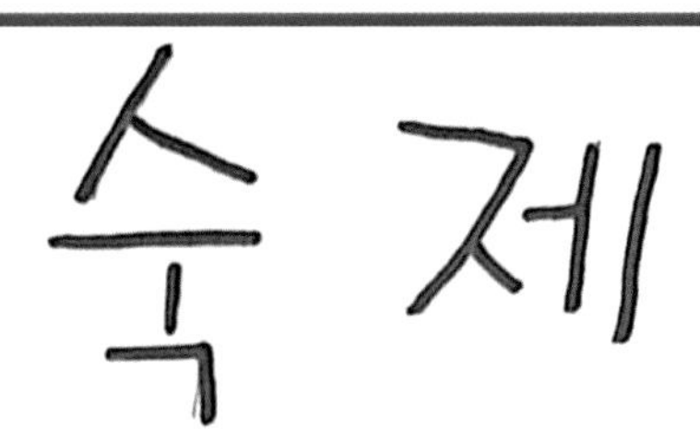


글 : 윤희담

학교 가기전
가벼운 가방
집에 올 때
무거운 가방

학교 가기전
가벼운 마음
집에 올 때
무거운 마음

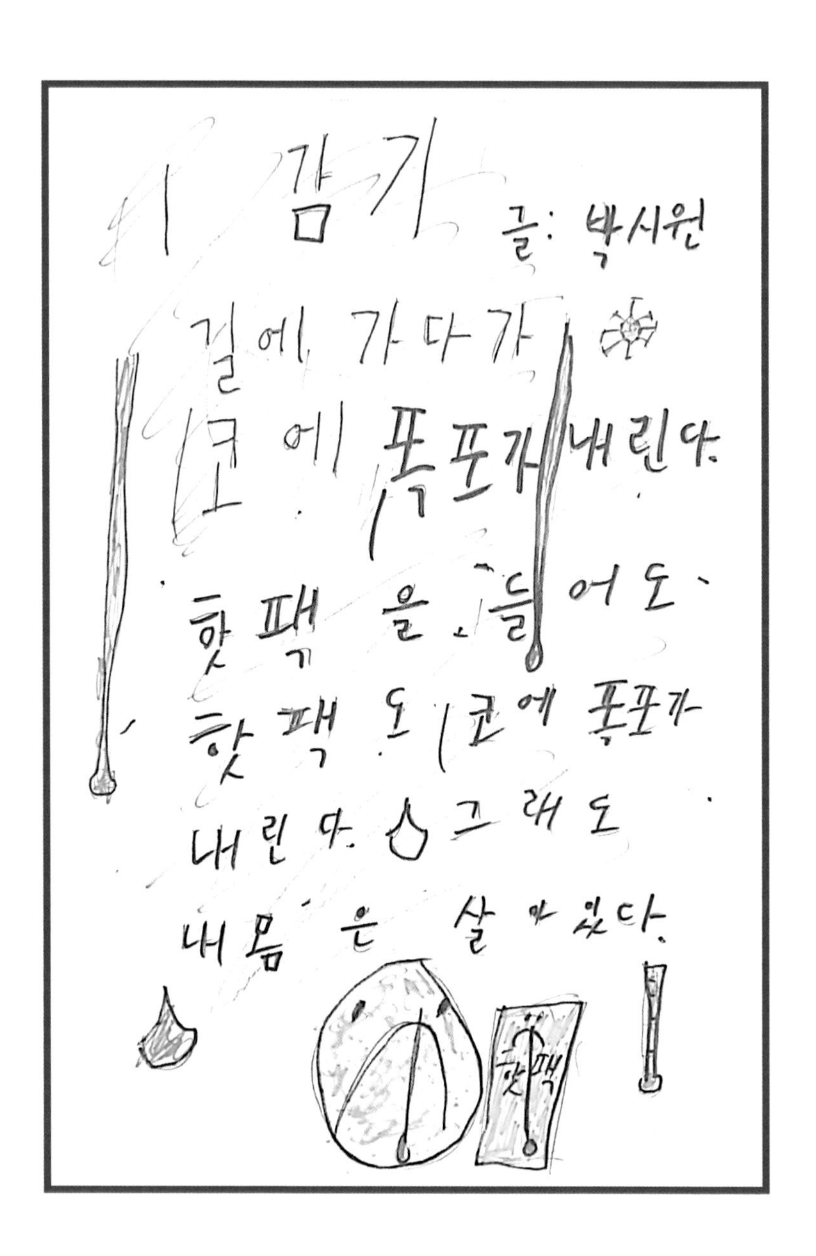
감기 글: 박시원
길에 가다가
코에 폭포가 내린다.
핫팩을 들어도
핫팩도 코에 폭포가
내린다. 그래도
내 몸은 살아있다.
핫팩

# 마라탕

<엄용준>

마라탕은 참 좋은 먹거리다.
어떤 사람은 맵기만 한 음식
어떤 사람은 스트레스 푸는 음식.
어떤 사람은 맛없는 음식
마라탕은 참 좋은 먹거리다.

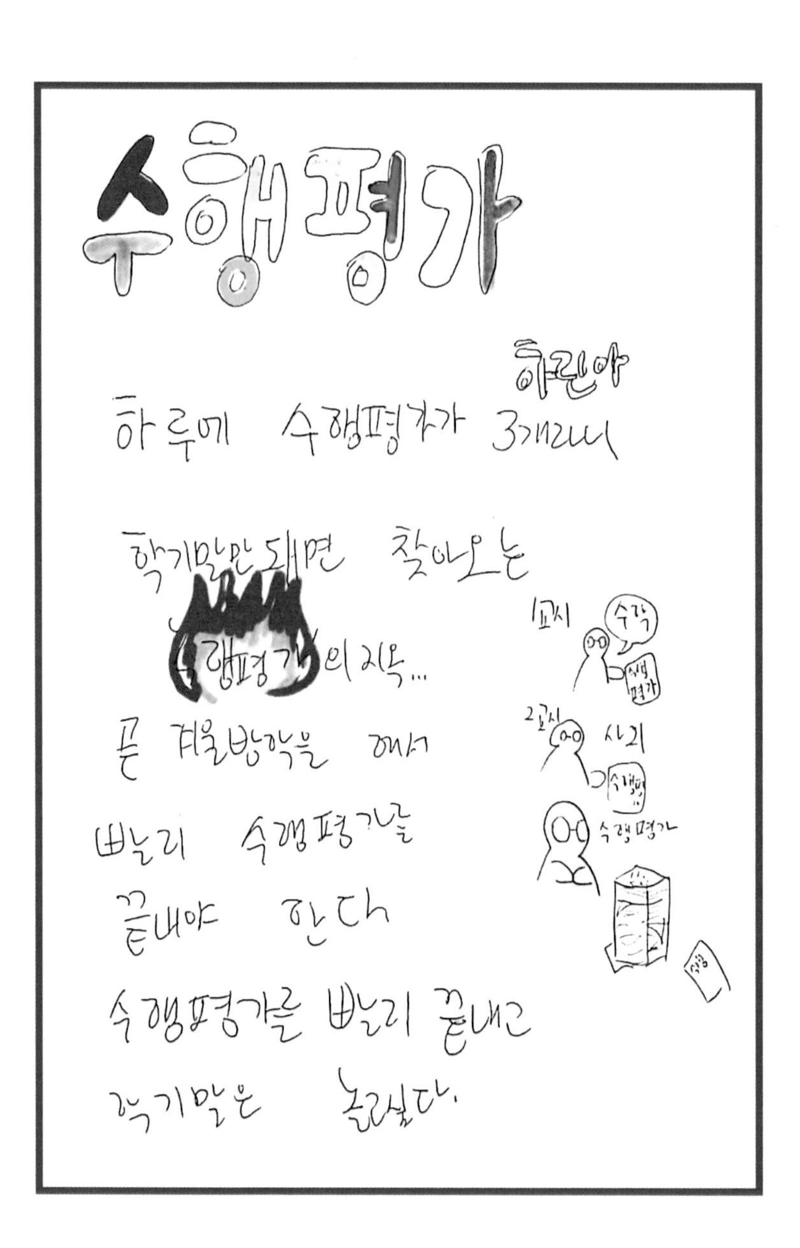
수행평가
하루에 수행평가가 3개라니
하필이야
학기말만 되면 찾아오는
수행평가의 지옥…
곧 겨울방학을 해서
빨리 수행평가를
끝내야 한다
수행평가를 빨리 끝내고
학기말은 놀고싶다.
1교시
수학
수행평가
2교시
사회
수행평가
수행평가

풍경

글·그림: 최시은

베란다에서 밖을보며
차가운 공기가 있으면
겨울이네

베란다에서 있으면
아무생각 없이
밖을 봐 멍때려서

밤이 되면 해가 져서
노을 이 보여

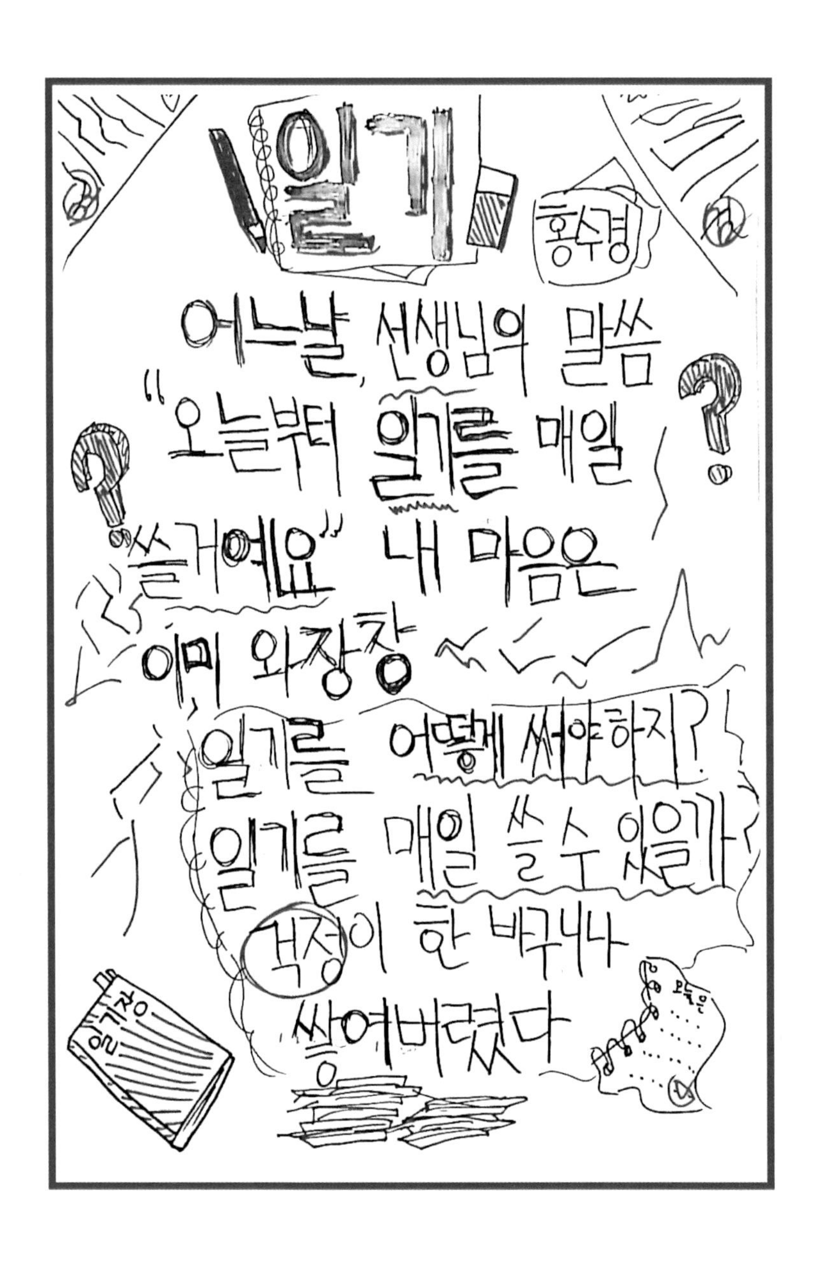
일기
홍수경
어느날 선생님의 말씀
"오늘부터 일기를 매일
쓸거예요" 내 마음은
이미 와장창
일기를 어떻게 써야하지?
일기를 매일 쓸수 있을까?
걱정이 한 바구니나
쌓여버렸다
일기장
오늘은

김범진

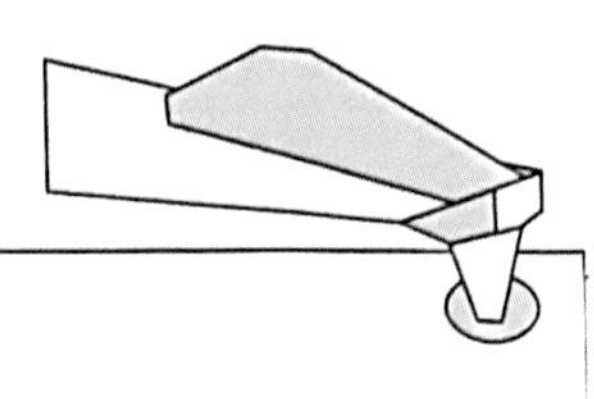

어영수 작가님께

안녕하세요. 저는 김범진이에요
신기한 물꼭지가 김해의 책으로 뽑히신
거 축하해요. 어떻게 해서
공중도덕을 지키는 것에 대한
책을 쓰시게 되었나요?
다음에 책을 쓰실 때도
대박나길 바랄게요! 화이팅!!!

–범진–

# 좋다!

고가원

방학이 다가온다!
좋다!

방학숙제를 해도 방학이니깐
좋다!

놀러 다닐 수 있어서
좋다!

방학은
좋다!

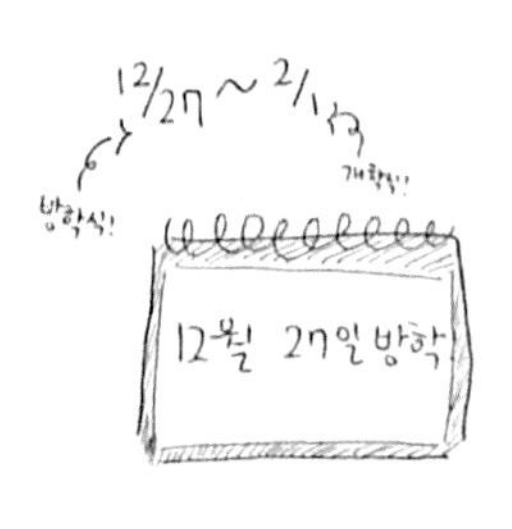

체육 수업

체육 시작 해서 윤동현

킨볼 공을

쳤는데 점수

는 42점

있다.

개학 채민서

개학

숙제를 챙기고

집을 나선다.

방학은 집에서 쉴수 있어서

좋다

하지만 잔소리가 심하다.

그래도 집에서쉬는

방학이

좋다.

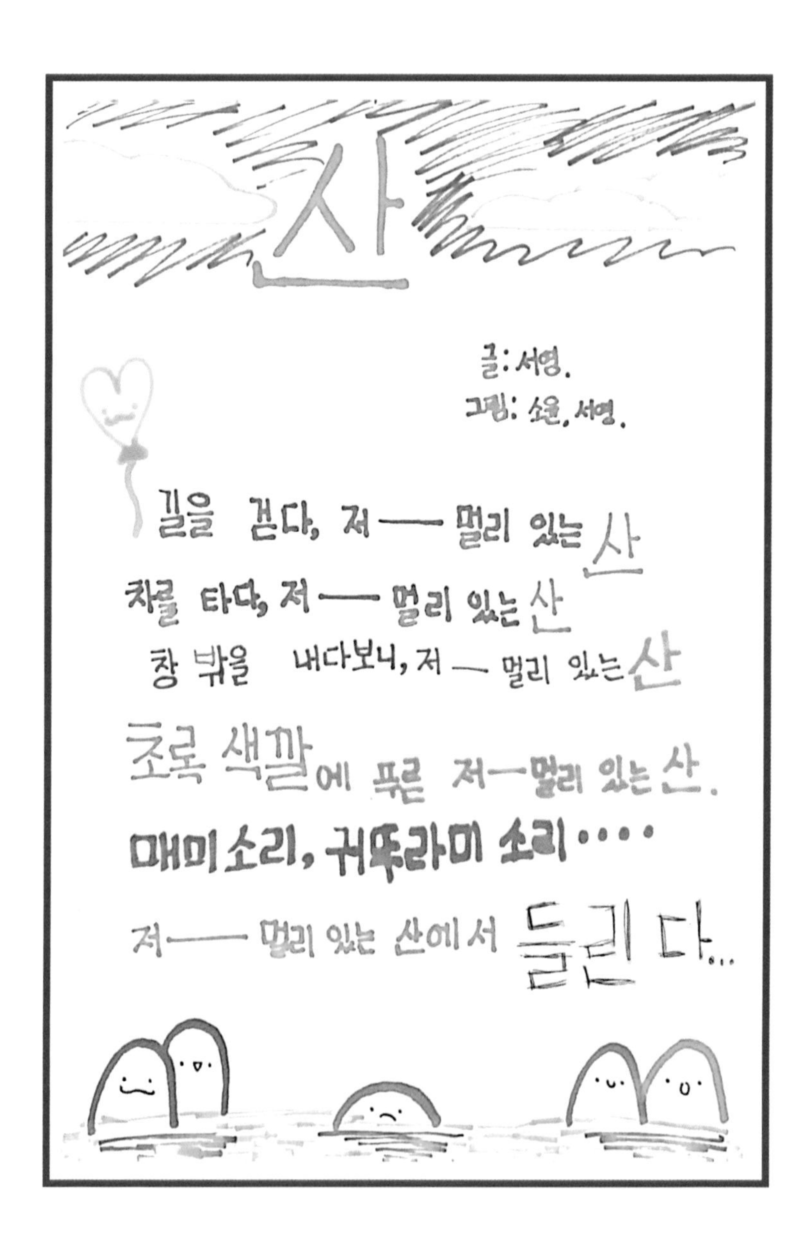
산
글: 서영.
그림: 소윤, 서영.
길을 걷다, 저── 멀리 있는 산
차를 타다, 저── 멀리 있는 산
창 밖을 내다보니, 저─ 멀리 있는 산
초록 색깔에 푸른 저─멀리 있는 산.
매미소리, 귀뚜라미 소리····
저── 멀리 있는 산에서 들린다...

# 제5화 열두 살, 그리움

# 일어나기 싫다.

김로빈

일어나기 싫다. 실체도
없는 알람에게 외친다.
"5분만…" 그러고는
꺼 버린다.
5분뒤 일어나라고 설
정한 시끄러운 노래
가 나온다. 결국 반복
하다 사람 깨워야
일어난다. 그래도 아침
에 노래를 들으면 뇌
에 좋다고 한다.

TMI: 알람은 레볼루션 하트의 트리거다

시 쓰고 집에가라 노승필

선생님

집에서 써 올게요

안돼!

교실에서 쓰고가!

선생님

바람 좀 쐬고 올게요

시 쓴후 바람 쐬라

선생님

화장실 다녀올게요

가방은 두고

다녀오너라

시 두편 쓰고

나는 집에 갔다

늦었다

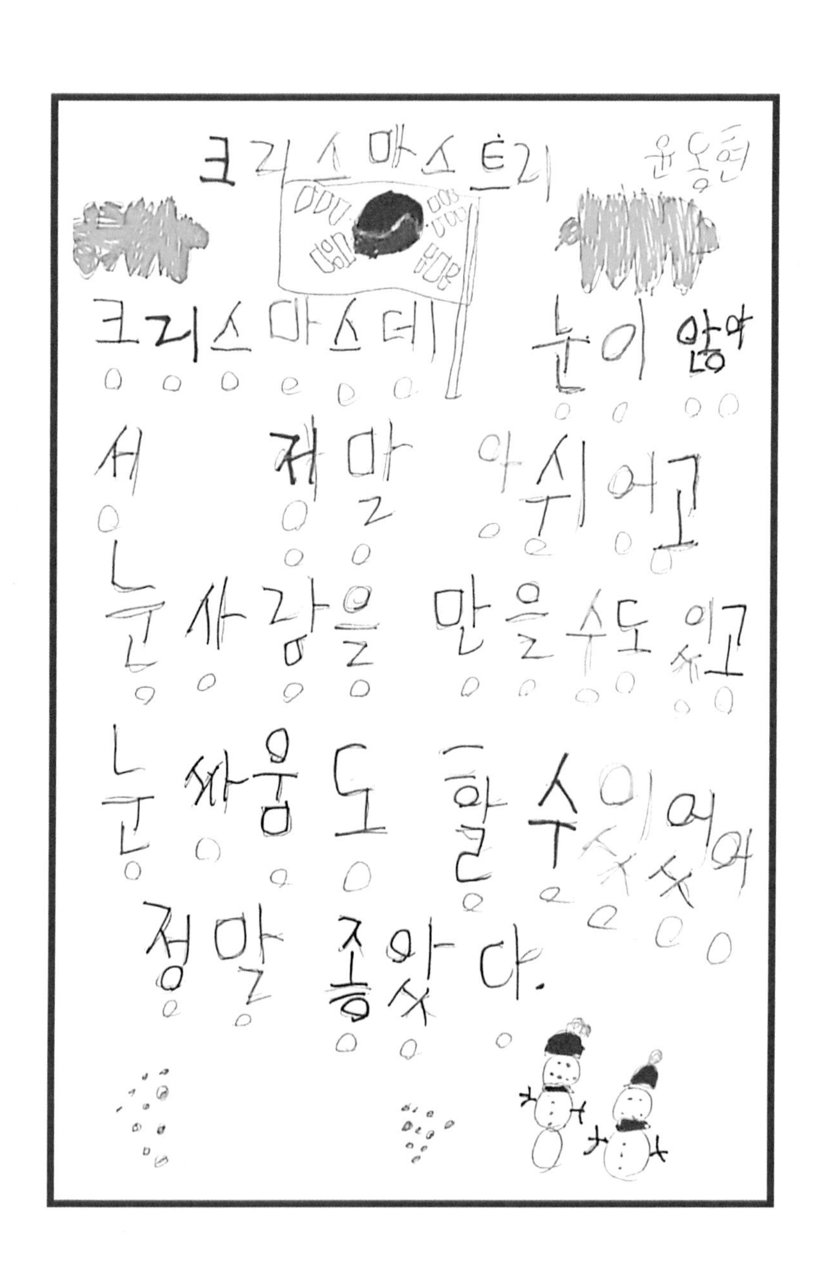
크리스마스트리
크리스마스데 눈이 않와
서 정말 아쉬어고
눈사람을 만을수도 있고
눈싸움도 할수있어
정말 좋았다.

## 게임하고 싶다

김로빈

게임하고싶다.
숙제도 내팽겨치고
게임하고 싶다.
공부는 버려두고
게임 하고싶다
옷은침대위에 던져놓고
힘든일상은 잠 놓아주고

내가 집에 가고 싶은
이유

노승퀸

집가고 싶다
집 엄청 가고싶다
집 너무 가고 싶다
집 너무 엄청가고싶다

쥬라기월드

로블

클래시로얄

브롤

포켓몬고

너무 많은데!

붕어빵

홍수경

노릇노릇하고
따끈따끈한
붕어빵

입 안에 넣으면
바삭바삭
와작와작

다 먹으면 또
먹고 싶은
붕어빵

겨울이 되면
생각나는
붕어빵

글: 박시원 코로나

콜록~콜록! 기침을
한다! 사람과 만나면
콜록~콜록! 친구와 만나면
콜록~콜록! 엄마 아빠
만나면 콜록~콜록!
내가 코로나를 전달해준다.

주말 동안. 글: 박시원

토요일이 좋다.

도요일 부터 일요일 까지
쉴수 있기 때문이다.
하지만 주말은
걸은 것 보아 더 빠르게
갔다. 그렇게 주말은
없어졌다.

토요일
일요일

월요일

# 현장체험학습

5-3
전가영, 윤동현
최사은, 박혜빈,
박시윤, 홍수경.
그림 : 박소윤

현장체험학습을 갔다.

잔디 향기 풀풀 나는 곳

공룡 한마리, 공룡 두 마리

친구들과 술래잡기

친구들과 도시락도 먹고

다시 버스로 발길을

돌리면 아쉬운 마음.

글, 그림: 김하랑
봉실봉실 구름빵
(봉실언니 패러디 구름빵)
봉실봉실 구름빵
먹으면 하늘높이
올라가 난 삼이
혼자 남고 봉실
이는 하늘 끝까리
날아가 세계여행!
중 이라는
세계여행 재밌네

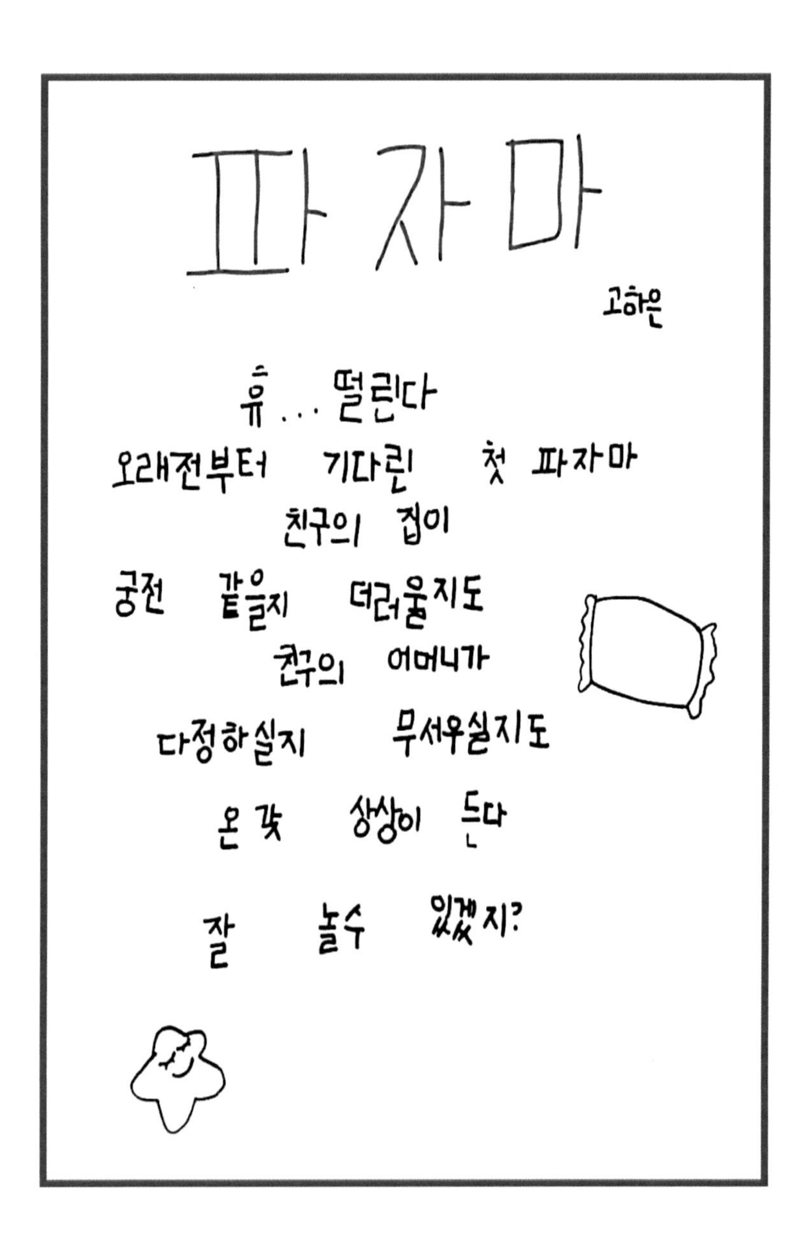
파자마
고하은
휴… 떨린다
오래전부터 기다린 첫 파자마
친구의 집이
궁전 같을지 더러울지도
친구의 어머니가
다정하실지 무서우실지도
온갖 상상이 든다
잘 놀수 있겠지?

친 구

글/그림: 박소연.

처음으로 만난 친구

점점 친해지는 친구

싸움이 생기는 친구

다시 친해지는 친구

이젠 추억속으로 보내줘야 될
친 구

제목. 예쁜 선생님
바람이 살랑살랑
불어오는 봄 아침
선생님의 예쁜 얼굴이
보인다 얼굴을 보니깐
공부할 힘이 난다.

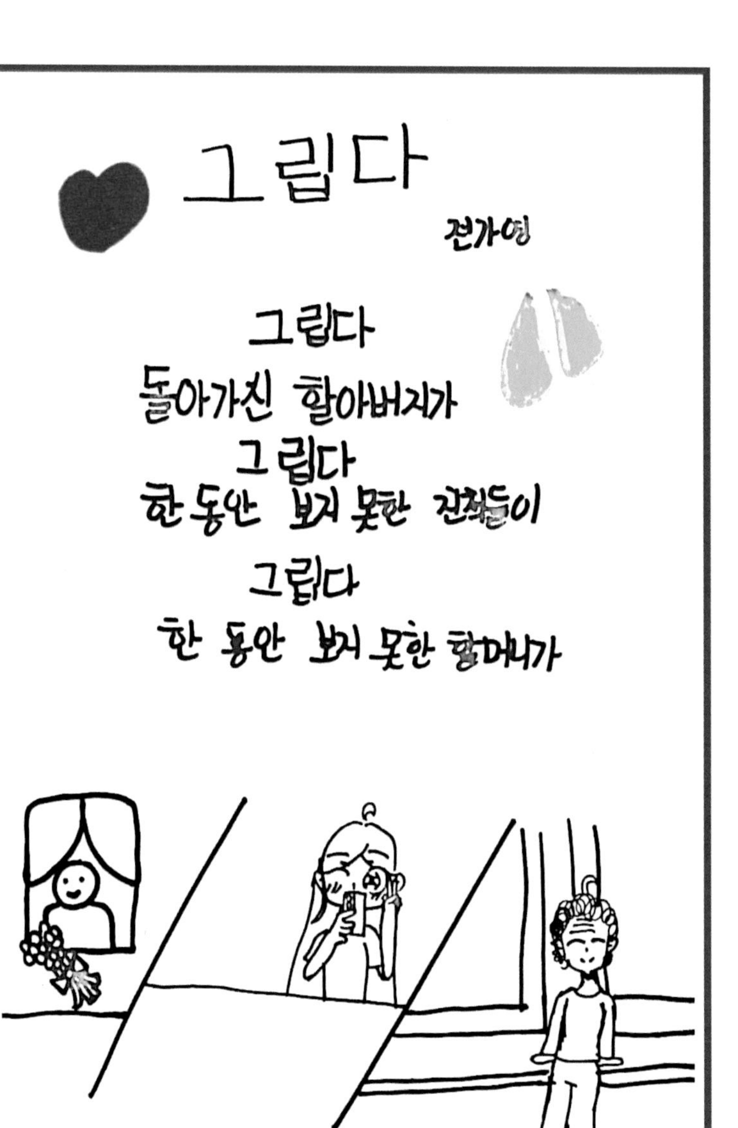

그립다
전가영
그립다
돌아가신 할아버지가
그립다
한 동안 보지 못한 친척들이
그립다
한 동안 보지 못한 할머니가

종업식

글그림: 최시윤

2학기가 끝나고
종업식날이 되면
친구들과 헤어져야 한다.

다시 만날수도 있고
헤어질수있는 반배정

싫은 친구들과 가면
좋은 친구들과 가면
좋은 것도 싫은것도
여러가지 마음이 생긴다.

반배정
종이

# 「추억으로 만드는 학예회」

글.그림: 김예림

오늘은 우리 반 이
검은색으로 물들었다.
오늘은 5학년 중에서
가장 춤, 노래를 많이
한 날이다. 노래,춤은
힘들어도 재밌는 추
억이다. 오늘 추억
만들기 성공!

# 아 쉽 다..

고가원

영화보러 가기로 했었는데
추워서 못봤다..
아쉽다.. ㅏ

'아바타'라는 영화를
보려고 했는데 못봐서
아쉽다. ㅡ

보고싶었는데

아쉽다. ㅛ

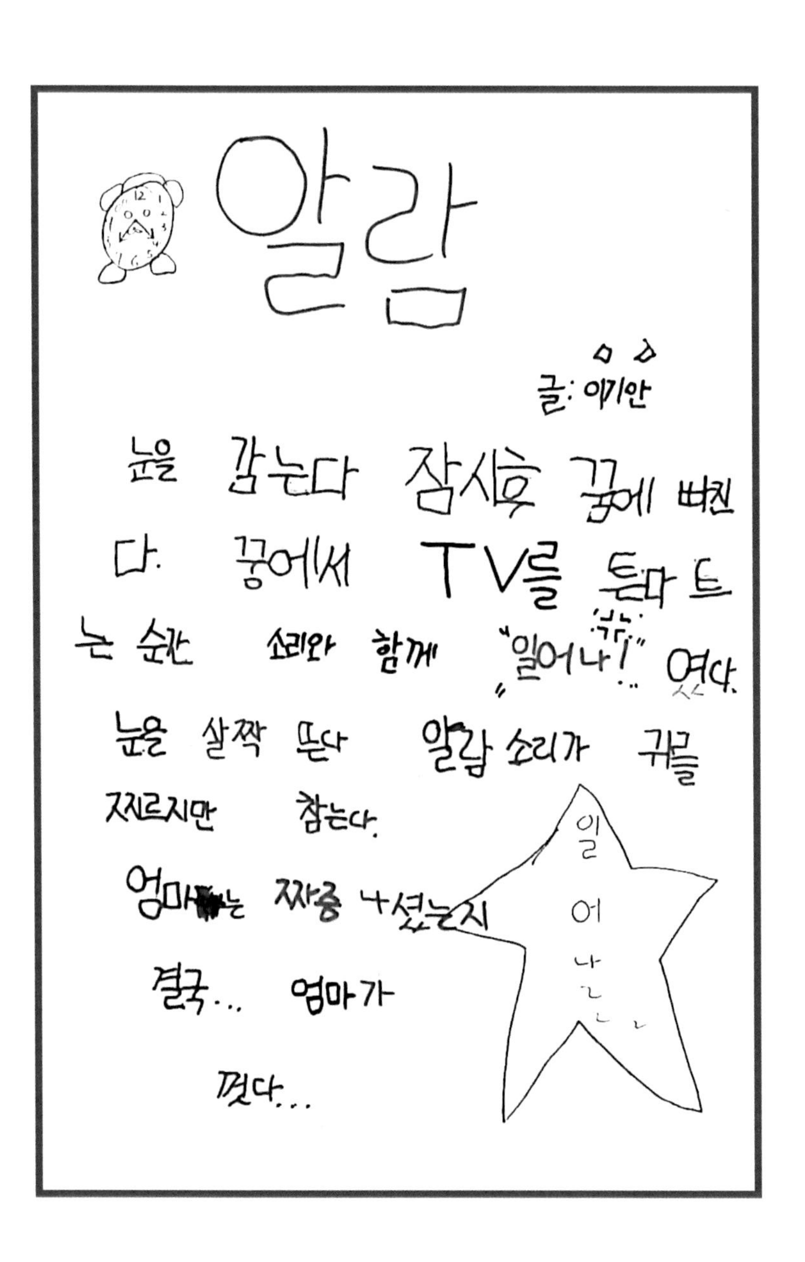
# 알람

글: 이기안

눈을 감는다 잠시후 꿈에 빠진다. 꿈에서 TV를 튼다 트는 순간 소리와 함께 "일어나!" 였다.
눈을 살짝 뜬다 알람 소리가 귀를 찌르지만 참는다.
엄마는 짜증 나셨는지
결국... 엄마가
껐다...

## 국악 수업

김서연

범상치 않은 포스와 목소리를 뽐내시는 선생님

무서워 긴장한 채로 노래를 부른다.

선생님은 생각이랑 다르게 말도 재밌게 하시고

장난도 치시는 재밌는 선생님이셨다.

나는 긴장을 풀고 목이 아프도록 노래를 부른다.

시 약 세 회

16

카레송 할때 시가 불어 진다 그리고 재미있었다.

# 국악수업

홍수경

오늘 6교시는
국악수업

수업을 시작하면 국악 선생님의
우렁찬 목소리가 우리반에
울려퍼진다.

우리도 국악선생님 처럼
우렁차게 노래를 부른다

## 국악 수업

최시은

오늘 6교시에 국악수업이 있네
둥둥 재미있는 소리

국악수업하면 국악선생님이
오시겠네
둥둥 신나는 소리

국악선생님이 오시면 악기도 오겠네
챙챙 악기소리

종이 울리면 국업수업시작!

start!

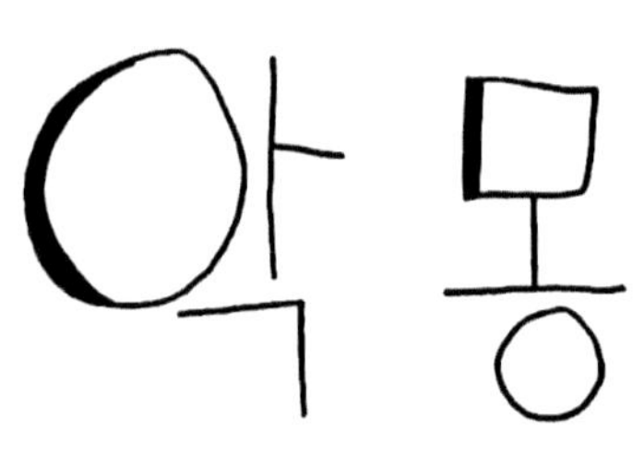


글: 김범진

두려운 꿈은
떨어지는 꿈을 꿀 때

불안한 꿈은
걸어도 걸어도 끝이 없는 꿈을 꿀 때

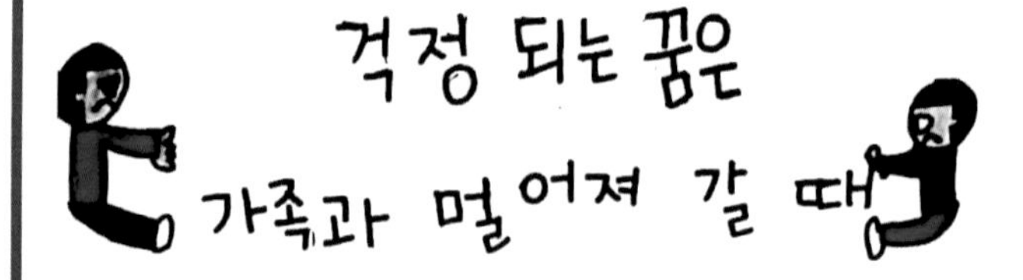

# 개학!?

고가원

벌써 **개학**!?
방학한지 엊그제 같은데

우리에겐
짧고도 짧았던 방학 (짧고)
"벌써 **개학**이야!?"

부모님에겐
길고도 길었던 방학 (길 고)
"이제야 **개학**이네!?"

이젠
겨울방학을 기다리자!?

# 추억

글/그림: 박소윤

첫 만난 추억..

웃으면서 지내는

추 억

울면서 지내는

추 억

그것들이 다 소중한

추 억

추 억

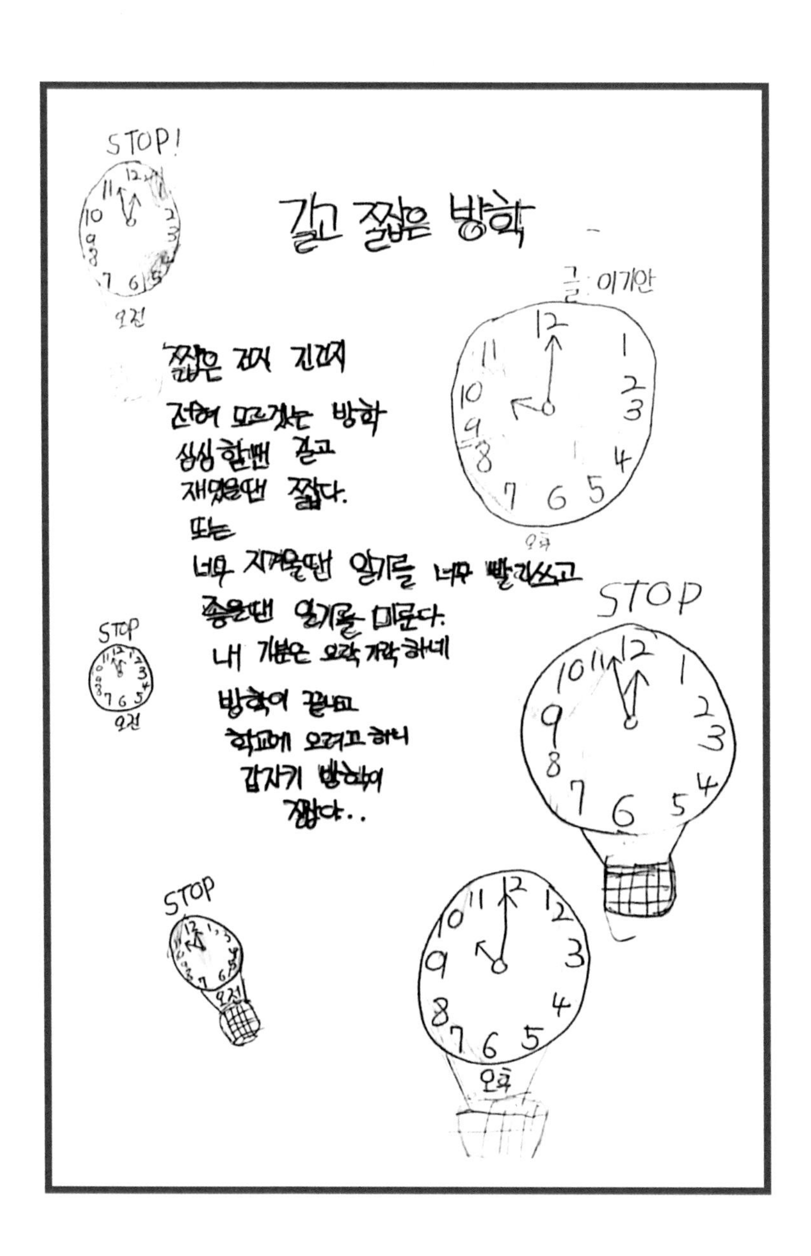
STOP!
오전
길고 짧은 방학
글: 이기안
짧은 건지 긴건지
전혀 모르겠는 방학
심심할땐 길고
재밌을땐 짧다.
또는
너무 지겨울땐 일기를 너무 빨리쓰고
좋을땐 일기를 미룬다.
내 기분은 오락 가락 하네
방학이 끝나고
학교에 오려고 하니
갑자기 방학이
짧다..
STOP
오전
STOP
STOP
오전
오후

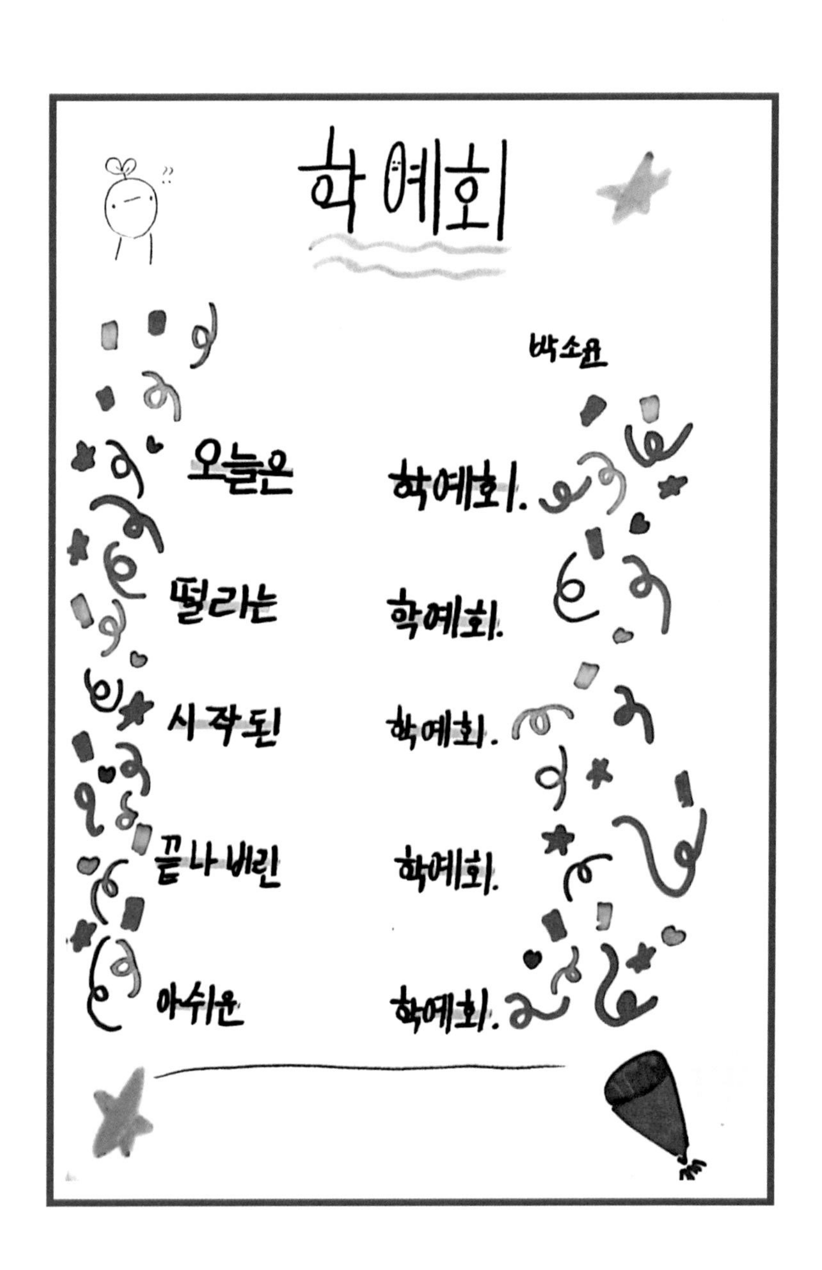
학예회
박소윤
오늘은 학예회.
떨리는 학예회.
시작된 학예회.
끝나버린 학예회.
아쉬운 학예회.

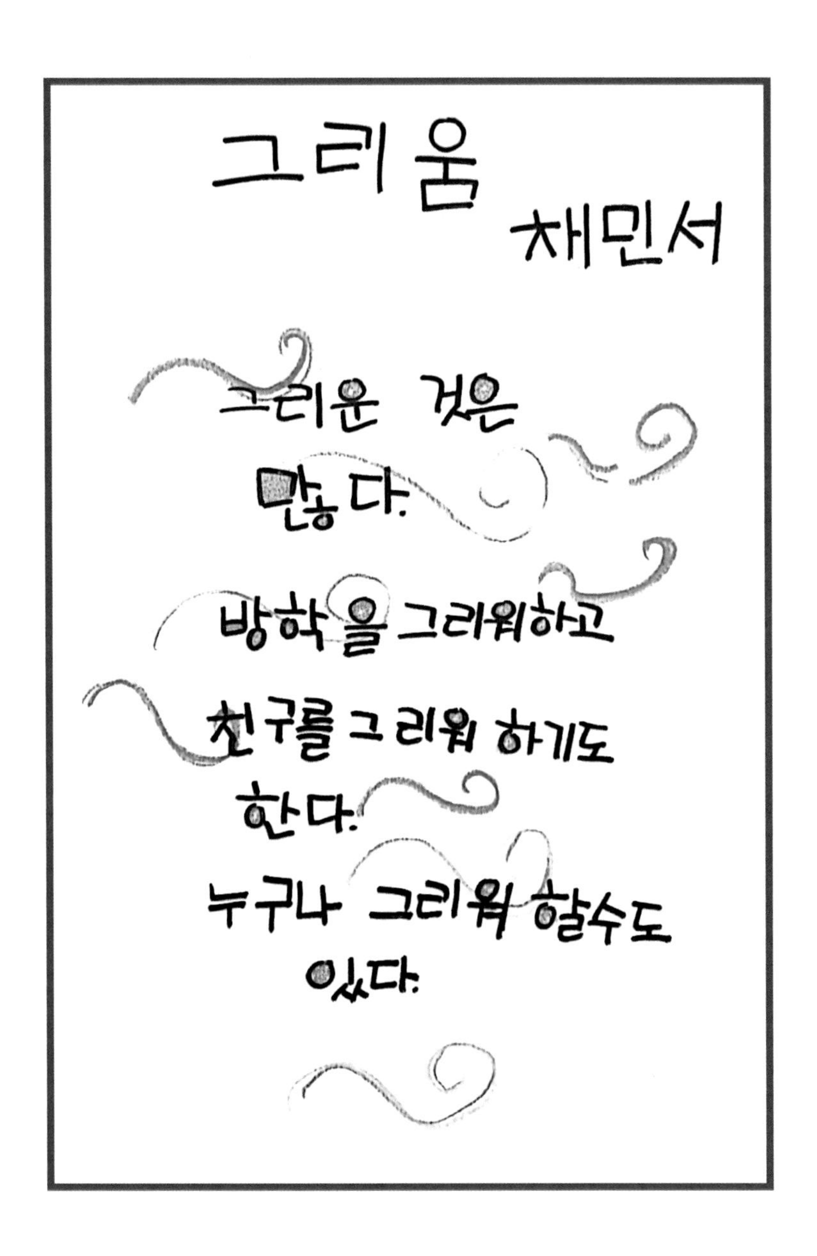
그리움
채민서
그리운 것은
많다.
방학을 그리워하고
친구를 그리워 하기도
한다.
누구나 그리워 할수도
있다.

# '긴' 개학식

글: 김예림

어제 개학 했다
자리바꾸기, 직업 정하기,
시쓰기, 숙제검사, 2학기
책받기. 시간 이 많이
소요 됐다. 하루 가 일
주일 같다. 사람마다
느끼는 시간이 다르다...
난 너무 길게 느껴 진다.

# 개학날

글: 박혜빈

어제 까지만해도 방학 이였는데

자고 일어난 사이에

개학이 됐다.

학교갈 준비 하고,

오랜만에 학교 길 걷는다.

반에 들어서니

오랜만에 온 반이라 내자리 헷갈려 하는 나.

방학이 더 길었으면 좋겠다.

엄마 나 용돈 좀 줘 친구 생선 사야해
너가 친구한테 생선을 왜 사주니?
생선은 '생일선물'에 줄임말 이야.
그래그래. 하지만 줄임말은 어른들이 알아듣기 어렵고 우리말을 지키지 않는 것이니까 쓰지 마렴.
네 . . .
근데 너 어제 용돈 받았잖아
. . . .

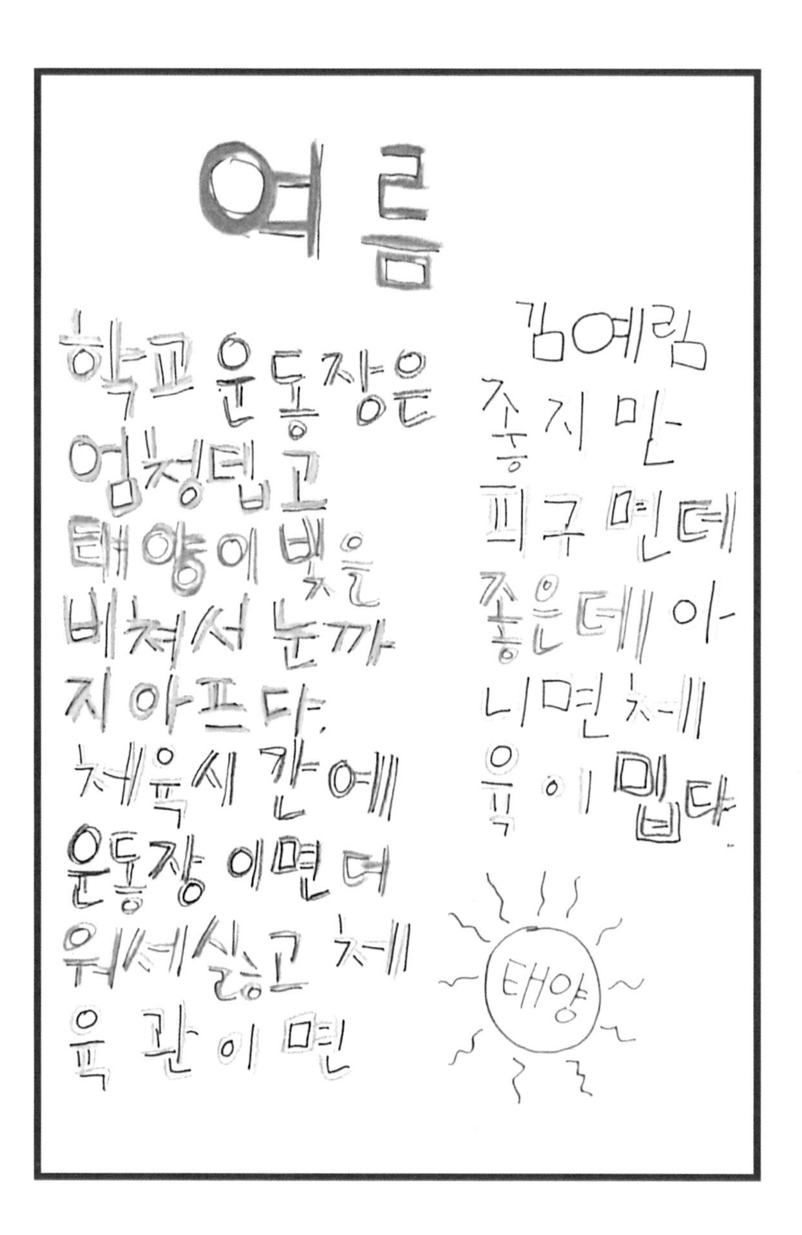
여름
김예림
학교 운동장은
엄청덥고
태양이 빛을
비쳐서 눈까
지 아프다.
체육시 간에
운동장 이면 더
워서싫고 체
육 관이 면
좋지만
피구 면데
좋은데 아
니면 체
육 이 밉다.
태양

## 춥고 이상한 봄

글: 김예림

어느 3월 이상한 봄

3월은 봄인데 왜? 왜?
겨울 같지? 왜? 왜?
벚꽃이 많이 없지?
정말 이상해
정말 정말
이 상 해
봄이 거북이처럼
느릿느릿 올 건가 봐
나는 빨리 빨리 오면
좋겠는데 쩝.

# 뭐지?

최시은

방학이 되면 학교가고 싶은데
뭐지?

개학이 되면 방학이면 좋겠어
뭐지?

방학이 되면 친구랑 놀거잖
근데 개학이 되면 친구를 만나
하지만 공부를 해야지
하기 싫은데

방학이 심심해
할 게 없잖아

혼자 놀 생각하니 외로운건 같다.....
나에겐 가족이 있어!

포스트잇
지은이: 김준현
선생님은 중요하고 재미있는것을 포스트잇으로 활용한다
포스트잇 포스트잇
포스트잇
포스트잇 써라
네

# 기억

전가영

분명 할 것이
있었는데
기억이 안난다

분명 수학 공식을
아는데
기억이 안난다

수학

할 것..

수학
공식...

# 학예회

글: 김준혁
그림: 전가연

학예회를 했다
노래와 율동을 했다 여러번 해서
약간 화가 났다 선생님이 화가 날게
티가 났다고 했다 선생님이 화이팅
이라고 했다 근데 화가 계속 났다
화야 떨어져 내 몸에서

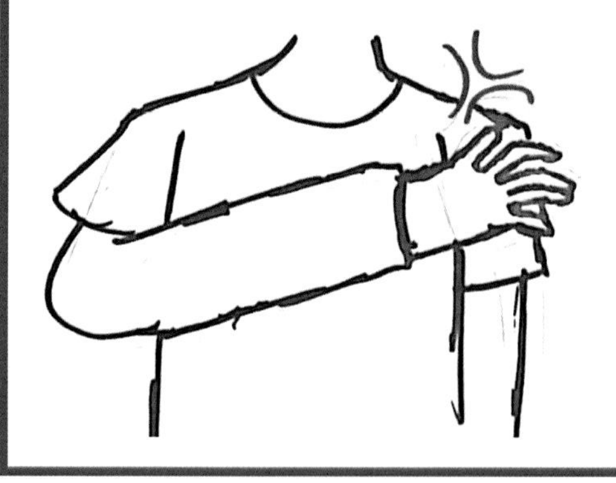

# 일기

글·윤의담

일기 미뤘다
내일 개학날
일기 한 줄 게임 한 판
일기 한 줄 게임 한 판
다시
일기 한 줄

박혜빈

# 새 옷

언제나 설레는 새 옷.

입어 봤는데 딱 좋은 새 옷

학교에서도 새옷.

친구랑 놀때도 새옷.

여행 갈때도 새옷.

항상예쁜 새옷.

언제나 이쁜 새 옷.

시간아 빨리가라
-박혜빈-
방학때 쉬게 시간아
빨리 가라.
핸드폰
이모집 가게 시간아 빨리
가라.
2월이 오게 시간아 빨리
가라.
2월 (달력)
2. 1일

# 카레

선생님이 카레송을 글: 윤희담
들려주셧다.
반 애들이 엄청 들었다.
이제 카레에 카
자만 들어도
물린다는 생각이
든다.

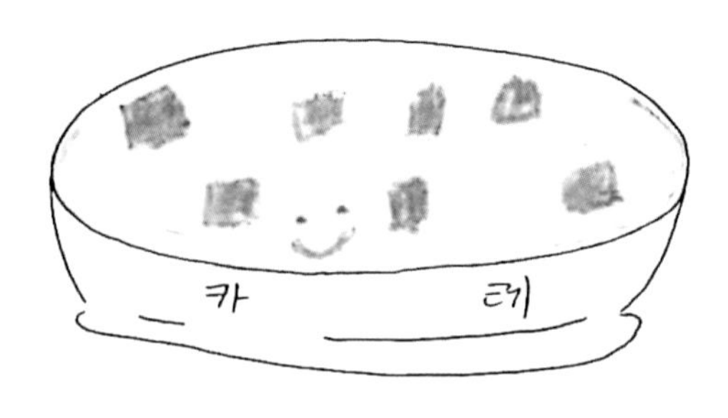

# 사춘기

글·김예림

열두살에 찾아온
사춘기.
넌 왜 왔니?
넌 언제 가니?
너가 오면
왜? 짜증이
나지?
음... 뭐지?
뭘까?
사춘긴 뭘까?

그립다
권가영
그립다
돌아가신 할아버지가
그립다
한 동안 못본 할머니가
그립다
한 동안 못본 친척들이

눈

채민서

잠깐 내린 눈

아쉽네
아쉬워

눈은
오랜만인데

내려가니
없네

## 〈 마치는 글 〉

시는 잘 쓰는 것이 아니라 쓰는 것입니다. 시를 모아 결과물을 만든 자체만으로도 학생들은 칭찬받아야 합니다. 학생들마다 관심사가 다르지만 같은 반으로 1년 동안 살아왔기 때문에 한 권의 공저가 탄생했습니다. 페이지와 페이지를 비교하지 마시고 각각의 시에 담긴 노력에 대하여 격려해 주시기 부탁드립니다.

학생들의 첫 책을 축하해 주시고 공공 도서관에도 비치 희망 추천을 해주신다면 초보 작가들이 출간의 기쁨을 깊이 느낄 수 있을 것이라 확신합니다. 이러한 어른들의 배려는 향후 우리 아이들의 삶에도 선한 영향 미치리라 생각합니다.

작년에 이어 두 번째 학생 시집을 출간했습니다. 개인서와 시집 출간 경험 덕분에 초보들에게 책 쓰기 경험을 전하는 작가가 되었습니다. 독자 여러분! 읽고 쓰는 삶 함께 해요.

수익이 생긴다면 '어린이재단'에 기부하겠습니다.

감사합니다.